U0721988

杏坛年华

岳晓 著

上海文艺出版社
Shanghai Literature & Art Publishing House

图书在版编目（CIP）数据

杏坛年华 / 岳晓著. -- 上海 : 上海文艺出版社，2024. -- (南海潮 / 彭桐主编). -- ISBN 978-7-5321-9072-0

Ⅰ. I267

中国国家版本馆CIP数据核字第202419WR00号

发 行 人：毕 胜
策 划 人：杨 婷
责任编辑：李 平　程方洁　汤思怡　韩静雯
封面设计：悟阅文化
图文制作：悟阅文化

书　　名：杏坛年华
作　　者：岳 晓
出　　版：上海世纪出版集团　上海文艺出版社
地　　址：上海市闵行区号景路159弄A座2楼
发　　行：上海文艺出版社发行中心发行
　　　　　上海市闵行区号景路159弄A座2楼206室　201101　www.ewen.co
印　　刷：成都市兴雅致印务有限责任公司
开　　本：880×1230　1/32
印　　张：80
字　　数：1850千
印　　次：2024年7月第1版　2024年7月第1次印刷
I S B N：978-7-5321-9072-0/I.7139
定　　价：398.00元（全10册）

告读者：如发现本书有质量问题请与印刷厂质量科联系　T：028-83181689

前　言

1988年9月24日，《通川日报》“知心话”栏目发了我的散文《可怜天下父母心》，至今，零零散散的，近百篇在各级报纸或杂志发表。这些年，一直想给拙作安个“家”，由于方方面面因素，未能遂愿。

2021年6月我开始收集素材，归类整理，历时两年之久，才“勉强”将发表的文章收集、整理完毕，之后反复推敲、打磨。说“勉强”，是因时间久远，有的没电子档，样报又丢失了，故未纳入，留下丝丝遗憾。

文集取名《杏坛年华》，是因为其中不少文章与教育教学有关，这些文章凝聚了我三十多年的汗水和心血，堪称难得的精神财富。本文集分“山高水长”“参悟人生”“雁过留声”“峥嵘岁月”“他山之石”“茶余酒后”“杏坛偶拾”“鸿雁传书”八辑，共61篇。其中“山高水长”11篇，这些文章，以饱蘸激情的笔墨，记下对父母、妻子、兄弟、恩师的深情，且永远铭刻心间；“参悟人生”8篇，每篇都通过凡间俗事，表达对人生的理解、人性的感悟、社会的深思；“雁过留声”9篇，通过一些先进的人和事，让人受到启迪、教育，从而感受到人间的美好；“峥嵘岁月”7篇，每篇都留下了岁月的印记，告诫人们不忘过去、珍视当下的美好生活；“他山之石”6篇，多托动物之事，揭示出一个个深刻的道理，令人警醒、回味无穷；“茶余酒后”3篇，虽篇幅简短，但都闪烁着智慧的光芒，令人深思；“杏坛偶拾”14篇，这些随笔，有对教改的困惑、育人的初探以及对学生的关爱；“鸿雁传书”2篇，从中感受到责任与义务、爱与温暖，叫人难忘。

三十多年来，我像个懵懂的“孩子”，怀揣梦想与希冀，跋涉在“教育”与“文学”两个“滩涂”，偶尔收获五颜六色、形态各异的贝壳，并精心拾掇之，用以启迪心智、开启未来、点缀人生。

《杏坛年华》里的每篇文章都是一枚独具特色的贝壳，这些贝壳如能得到读者赏识，吾生足矣。

作者

2023年10月5日于平昌

一个教育工作者的文学情怀

——《杏坛年华》序

周书浩

平昌县西兴小学岳晓兄从事教育工作三十多年来，业余笔耕不辍。自1988年在《通川日报》发表散文处女作《难得天下父母心》，迄今已在《四川农村日报》《通川日报》《巴中日报》《巴中广播电视报》《少年百科知识报》《国防时报》《西南商报》《教育导报》《巴中晚报》《巴中文史》《四川教育》等报刊发表各类体裁的文章近百篇，成绩喜人，可喜可贺、可圈可点。继2020年出版诗集《发芽的乡愁》后，今又出版文集《杏坛年华》，对三十多年来的业余创作作一次归纳、结集，也是一次总结与回顾。诚如作者所言“三十多年来，我像个懵懂的‘孩子’，怀揣梦想与希冀，跋涉在‘教育’与‘文学’两个‘滩涂’，偶尔收获五颜六色、形态各异的贝壳，并精心拾掇之，用以启迪心智、开启未来、点缀人生”。“杏坛”即教坛。岳晓兄一边教书育人，一边辛勤创作，不忘初心，心中始葆有一份文学情怀，令人感佩。也诚如他所言“其中不少文章与教育教学有关，这些文章凝聚了我三十多年的汗水和心血，堪称难得的精神财富”，诚哉斯言！

《杏坛年华》分“山高水长”“参悟人生”“雁过留声”“峥嵘岁月”“他山之石”“茶余酒后”“杏坛偶拾”“鸿雁传书”八辑，收录作者三十多年来业余创作的散文、随笔、杂文、寓言及人物通讯等，门类可谓广矣。出版《杏坛年华》，一是对他多年业余创作有个交代；二是总结与回顾，给曾经的创作作阶段性总结。

岳晓兄写父母，写大哥、二哥，写妻子，写自己的老师与同事，写乐善好施之人等，这些都是自己的亲人、身边的人，他最为熟悉，所以驾轻就熟、得心应手，作品大多可读。给我印象最深的如《难得天下父母心》，作者的父亲送作者到县城读书——

到车站了，爸爸挤到人群中买了车票，还把东西背到车上，捆好、拴好、敷在铁丝上，绑得严严实实，生怕有了意外。我看到他那任劳任怨的样子，在车上的我，如坐针毡，周身的热血往上涌，心跳猛烈加剧，我又一次禁不住哭了。“哭啥？都这么大了。”爸爸在窗外用手轻轻拍了拍我的肩膀。“我这里还有八元钱，是你妈前几场卖鸡蛋攒的，我留三元近段时间家里打杂开销，你再拿五元去，这开学，需要买这买那的，开支大，怕带的钱不够，你拿着。”我执意不要，可爸爸还是将钱强行地塞进了我的衣兜里。此时此刻，我分明看到爸爸的眼眶也有些湿润。“景春，记得经常给家里写信哟。”“嗯嗯”我不停地点着头。

一路叮嘱，一路关爱呵护，细节之中见父爱，令人动容。

在《领悟孝道》的结尾处，作者写道“为人之父后，算是真真切切地懂得了：让父母开心比什么都重要，这或许是我对“尽孝道”的领悟吧”，寥寥数语，可谓点睛之笔。

《爱一个不喜欢的人》是一个悲情故事，大哥的爱情故事既令人同情又值得深思。

从小处落笔，注重细节描写，深情之中饱含哲思，此乃岳晓兄散文、随笔的特点。

希望作者写出更多更好的作品。

是为序。

2023年12月29日于巴州

（作者系四川省作家协会会员，巴中市作协副主席，《巴中日报》文艺部主任。原巴中市小说学会会长。）

山高水长

参悟人生

雁过留声

峥嵘岁月

他山之石

茶余酒后

杏坛偶拾

鸿雁传书

山高水长

可怜天下父母心

今天，是我朝思暮想的开学日子，可终于盼到了。爸爸妈妈喜笑颜开，找衣服、叠被褥、搬箱子，忙得不可开交，还一再叮嘱："东西哟，可别忘了。"我很自信，总认为不会的。可爸爸还是扳着指头，如数家珍般地点开了："书、本子、笔、碗、筷……"我都一一回答了个"没忘"。突然，爸爸问："钥匙呢？""哟哟！"我恍然大悟，还差点忘了带钥匙。

出发前，我向妈道别，却不见她的身影，原来她坐在歇房屋的床沿上，眼眶里噙满泪水。我连忙掏出手绢，劝妈："妈，伤心啥呢，该高兴才是呀！你们舍不得离开我，我同样舍不得离开你们呀！我也很无奈，有什么办法呢？妈，俗话说得好，好男儿志在四方。现在我到县城去学习，为的是不做井底之蛙，去掌握更多的知识和本领，这样，将来我才会发展得更好，才会更有出息，你老人家才能愉

快地安度晚年。妈，你说这样难道不好吗？”“唉！我担心你年龄小，生活不能自理，出门会……”“妈，不用担心，你看，我都高出你一截啦，怕什么呢？又不是小孩。”说着，我用手一比，惹得妈笑了。“好啦！来，幺儿，我给你煮的几个熟鸡蛋，拿到车上去，饿了，自己剥来吃。”听到这话，我的泪水在眼眶里直打转，但急忙掉头用手悄悄擦去，怕她看见又伤心。

上路了，爸爸背着箱子，我跟在他后面。一路上，他万般教诲我，什么出门在外不能乱花钱啦、不要违背学校纪律啦、听老师的话啦、要和同学搞好关系啦、要搞好学习啦……这些我都听腻了。爸爸还特别强调说：“你呀，身体有些不好，饭一定要多吃点，千万不要弄凉哦。”我心想："他们还真不放心我呢。"尽管他唠叨个没完，我还是很恭敬地听着，怕他失望。

到车站了，爸爸挤到人群中买了车票，还把东西背到车上，捆好、拴好、用铁丝绑上，绑得严严实实，生怕有了意外。我看到他那任劳任怨的样子，在车上的我，如坐针毡，周身的热血往上涌，心跳猛烈加剧，我又一次禁不住哭了。"哭啥？都这么大了。"爸爸在窗外用手轻轻拍了拍我的肩膀。"我这里还有八元钱，是你妈卖鸡蛋攒的，我留三元近段时间家里打杂开销，你再拿五元去。开学需要买这买那的，开支大，怕带的钱不够，你拿着。"我执意不要，可爸爸还是将钱强行地塞进了我的衣兜里。此时此刻，我分明看到爸爸的眼眶也有些湿润。"景春，记得经常给家里写信哟。""嗯嗯。"我不停地点着头。

开车了，站在车旁的爸爸使劲给我挥手。我很茫然，脑子里嗡嗡地响，整个身子沉沉的，我脚想站却站不起来，手想举却举不上去，我只是用眼睛盯着他、盯着他，生怕他离去。然而，车还是渐行渐远了。

哎！可怜天下父母心。

（1988年9月24日发表于《通川日报》）

领悟“孝道”

师范毕业，父母都已年逾花甲。步入风烛残年的父母最大的愿望就是希望我早点成家，好抱孙子。

父亲嘱咐我：“我和你母亲好比舵手，现在终于把你们七姊妹一个一个地渡过了岸。这些年送你读书确实也不容易，我们是掰着指头度日，现在总算把你这个老幺送毕业了。你嘛，参加工作后应该多积些钱，早点兴家。我们如今只剩下这把不中用的老骨头了，真的是无法再帮补你了哦！”父亲的一番言辞，掷地有声，感人肺腑，我的泪水禁不住扑簌簌地往下流。猛然间，那一幕幕舔犊亲情不由自主地在脑海中浮现。为了凑学费送我读书，父亲大把年纪还在干重体力活；为了送我读书，父母忍痛割爱把年猪也卖了；为了送我读书，平时家里鸡下的蛋父母很少尝过，大多都是一个一个地凑起来提到集市上兑换成钱。就这样，抠分分、积角角、凑块块，十年寒窗，父母背都弯成了一张弓，两鬓也染上了银霜。做儿子的，每每看到他们那双布满老茧的手，满脸刻下的皱纹，才真正懂得了“岁月沧桑”“含辛茹苦”的深刻内涵。我都是满二十岁的人了，实在不该再折腾父母了，他们真的是该歇歇气颐养天年了。

踏上工作岗位，步入社会的我，不敢有丝毫懈怠，始终如一地牢记父亲的嘱托：“多积些钱，早点兴家。”于是，我毫不犹豫地加入到了“吝啬鬼”的行列。我不抽烟，不喝酒，不打牌，一门心思扑在工作上，把领得的工资一分一厘地积攒起来。

参加工作半年后，经月老撮合，我认识了碧。经过一段时间相处，我们对对方都非常满意，堪称“天作之合”的良缘。不到一年，我与碧携手步入了婚姻的殿堂。

又过一年，一个白胖胖的小精灵在一个雪花漫天飞舞的日子里降临了。对于小家伙的诞生，父母显得格外开心，他们成天抱着心爱的小孙子走东家、串西家，犹如觅得了一枚开心果，一下子仿佛又年轻了许多。当儿子的我，每每看到父母亲那舒展的眉头，听到父母那孩子般爽朗的笑声，就打心底里高兴。家中自从添了这个小宝贝，气氛也一下子活跃多了，老的、少的，一家人欢声笑语不绝于耳，真是其乐也融融、其趣也悠悠。

为人之父后，算是真真切切地懂得了：让父母开心比什么都重要，这或许是我对“尽孝道”的领悟吧！

（2005 年 5 月 13 日发表于《巴中日报》）

晚年父母

父母出生在二十世纪二十年代，辛辛苦苦一辈子，如今他们日思夜盼的幸福生活终于来临。未等父母迈入花甲之年，儿子媳妇便不约而同地提出必须彻底结束他们几十年风里来雨里去的艰辛日子，让他们捞脚扎裤下地刨食的艰辛生活成为历史，快快乐乐地度过晚年的幸福时光。

记得父母告别庄稼的那一年春天，很不习惯，今天问问这个儿子需不需要帮忙，明天又问问那个儿子需不需要搭把手，生怕儿、媳年轻不懂时令，误了农事。可是没有哪一个儿、媳愿意让父母帮自己干活，二老就权当农事参谋吧，这是儿、媳们的共同心愿。不管是收了麦子，还是收了谷子，几弟兄早早地把各自晒干的上好的口粮称好，笑吟吟地背到父母的粮柜里，生怕父母刚不种庄稼，内心会滋生一种失落感。打米磨面丝毫不需要父母操心费神，不管弟兄还是妯娌，都会争着抢着替父母把谷子或麦子背

到五里远的加工房进行精加工，再背回家装入父母的粮缸内。

父亲有饮几口小酒的嗜好，几弟兄也不分彼此，随时跑到父亲屋里“侦察”，生怕断酒使得父亲心里不畅快。有一次，大姐和大姐夫来看望父母，四弟兄都在饭桌作陪，席间几番推杯换盏。当父亲再次执意要给姐夫斟满酒杯时，却发现酒罐空了，他脸上掠过的一丝不快深深地烙在我们几弟兄的心里。肉的问题更是无须父母多虑，年猪杀了，几弟兄除了各自孝敬他们几十斤上等猪肉外，平时哪家有客都会请他们上席入座。曾记得那一次，四弟兄家中都来了客人，四个媳妇都叫他们过去吃饭，这可难煞父母了，他们到底去哪家真还纠结了好一阵子。手背手心毕竟都是肉，弟兄倒是无所谓，怕妯娌多心说闲话呀！在这种拿不定主意的严峻形势下，他们只好信奉中庸之道来折中处理，征求一下大哥的意见。毕竟有句俗话说得好，“火烧对门坡，有事问大哥”。

父母八十岁那年，我们作为子女想给他们风风光光办回生日酒，可他们坚决不肯，说那是浪费。他们当年分斤较两的日子实在是过怕了，只要一看到浪费，再一想起当年吃树皮、草根，孩子们把吃油渣、吃冬瓜蒸肉当成一种奢望的日子，心里就会觉得特别的难受。父母言之有理，子女们的大好初衷也就只好最终作罢。每每眼睁睁地看着人家放鞭炮、燃烟花、打锣鼓、吹唢呐，闹闹热热几十桌给他们父母办生日酒隆重庆贺的时候，我们心里就会不由自主地冒出一股说不出的酸楚味。直到母亲去世我们也没有给他们两位老人家办过一次生日酒，父亲也坚决表示有生之年绝不破例。

父母这种勤俭节约的优良传统，我们将一直继承下去，永远将这个传统作为我们小家庭兴家立业的传家宝，这是父母一生留给我们后人的一笔世代受用的无比宝贵的精神财富。

（2015 年 3 月 26 日发表于《巴中晚报》）

父亲看书

步入花甲之年的父亲，特别喜欢看书，他的这种老来好学的精神令不少晚辈艳羡不已。我时常独自揣测，这一方面可能是父亲出生在旧社会，没有念过几本书，想在晚年狠狠地补补课。另一方面或许因为是他没有打牌、串门、遛街的嗜好，想以看书的方式打发易逝的老年时光。

父亲尤其喜欢研读医学方面的书籍，这或许是因为母亲患有严重的支气管炎兼肺气肿而常年吃药的缘故。父亲经常是一边看书一边把一些自认为极有价值的方子抄下来，二十多年下来，笔记都抄了厚厚的几大本。父亲一向视这些笔记本如珍宝，生怕弄脏或丢失掉，有一次，因为孙子调皮弄脏了笔记本，父亲大发雷霆，仍不解气，甚至与母亲吵了一架。父亲曾经利用笔记本上的资料给一些疑难杂症患者提供过药方，受益者们都夸奖他，为这，他往往会高兴好几天。

父亲除了爱看药书，对小说书、故事书也特别感兴趣。踏入他的房间，《小小说》《今古传奇》《故事会》等书籍会在不经意间跃入你的眼帘。因为他喜欢看书，我们还专门为此召开过家庭会议，特意一年给他提供七八百元钱的报纸杂志征订费。父亲还广交朋友，经常以书换书，目的是读到更多他钟爱的书籍。如果实在找不到满意的书供他看，孙子的阅读课本也会成为他的至爱。他尤其喜欢朗读，并且朗读的方式有点特别，摇头晃脑，音调还拖得格外长，像唱歌一样，往往你还没有进入他的房间，便会被他那早先飘出来的唱读声醉倒，这不禁让我想起鲁迅先生笔下寿镜吾老先生读书的样子，大概从旧社会过来的人都是这样读书的吧，那种味道浓得很。

父亲喜欢讲一些伟人的成长经历、创业故事、婚恋过程给我们几姊妹听。除二姐不爱听父亲讲故事外，其余几姊妹都很着迷。父亲讲故事我特别爱听，所以父亲特别宠爱我。同一个故事不知讲了多少遍，我从来都是毕恭毕敬地听，以至于很多故事至今我都记忆犹新。现在我虽年逾不惑，但仍然喜欢和后辈们一起听父亲津津乐道地讲故事，因为他高兴我们心里就感到无比高兴。

夏天的夜晚，凉风习习，家门口晒坝边纳凉的父亲便成了众人追捧的“焦点”，人们拿凉席端板凳扶老携幼一起围住父亲，聚精会神地听他老人家谈《聊斋》、摆龙门阵、讲励志故事，往往直到深夜还有人兴致勃勃。

父亲近米寿之年仍喜看书，老年头昏眼花记忆力减退并没有成为他读书路上的拦路虎。他说他要活到老学到老，要珍惜现在活着的每一天，要千方百计把年轻时候损失的东西加倍补回来。父亲的一席话，让我真正认识到他忘我读书的真正目的。看着孜孜以求的父亲，我既无比景仰佩服，又无比骄傲自豪，没有想到如此平凡普通的他竟有如此惊人之举。

我默默地想，年迈的父亲尚且如此，我们年轻一代还有什么理由不追求上进呢？

（2014 年 9 月 3 日发表于《巴中晚报》）

葡萄情结

母亲离世七载有余了，但她的音容笑貌举手投足一直刻在我的记忆深处。尤其是小时候，关于葡萄的那些事儿，仍然历历在目，就像发生在昨天一样。

那几年，集体生产，父亲不会手艺，母亲又体弱多病，再加之弟兄姊妹多，家庭经济捉襟见肘。家中地坝边的那些柑子树、葡萄树、李子树、杏子树等通人性似的，不负众望，居然成了我们家经济创收的主要来源。

记得那一年，不知咋的，葡萄树挂果不景气。有几次，母亲指着葡萄树架在我们几姊妹面前念叨，咋个今年就结这么点点葡萄呢？往年可以赶几场，今年怕一场就卖完啰。我们几姊妹算是把话听进去了。葡萄成熟的时候，谁都没有私自爬上葡萄架摘串葡萄尝尝。我们知道，家中七姊妹，开销大，父母时常为这眉头紧锁，这几株葡萄树可是我们家的希望呀！称盐打油衣服换季都靠着这些树宝贝呢！

尽管如此，时值成熟季，母亲还是摘了几串让我们几姊妹尝尝鲜、解解馋。

当场的头天下午，母亲就开始张罗摘葡萄的事情了，她说今年葡萄挂果数量太少，怕我们几姊妹搞不好，不要我们参与下架。母亲首先将成熟的葡萄用剪刀一串一串地剪下来，然后小心翼翼地放到精致的背篼里，一层一层地有序地排列着，生怕受力不均压伤了葡萄串。

当场那天，母亲带着我去赶场。到了集市还没有放下背篼，便有人来买葡萄了。不几分钟，我们周围围了很多人，挨挨挤挤，选的选，装的装，给钱的给钱，问价的问价，搞得母亲大有招架不住之势。“景春，眼睛放精明点，看到起哈。”我“喔喔”地答应着。正在说话间，我看到一个大约十岁左右的小男孩拿了两串葡萄，没有给母亲付钱就走了。我立马吼了起来：“妈，那个人没有给钱！那个人没有给钱！”母亲旋即停住，“哪个，哪个？”然后飞一般地跑过去，一把拽住他，说：“你娃儿把钱给我！”那个小男孩就是不给，硬说钱是给了的。有几个在场买葡萄的人都证明他没有给钱，说他赖账。但他在事实面前还是死活不肯认账。母亲说：“哎，既然你说给了，那就算了吧，不过两串葡萄，小事。但我要告诉你，今后买东西，记住，一定要给钱，这是天经地义的。骗别人的东西，只管得到一时管不到一世，靠自己劳动得来的才最可靠，最光荣！”

母亲那番掷地有声的话，不知对那位吃撞骗的小男孩是否起到了教育作用，却一直铭记在我的脑海里，这也成了我人生道路上的一笔最宝贵的财富。我一直记住并付诸实践：用自己勤劳的双手，努力为社会创造价值，去获取人生的幸福。

（2017年5月31日发表于《西南商报》）

陪父亲聊天

父母一旦上了岁数，记性难免跟不上，说了的话又说，摆了的龙门阵又摆。作为子女或晚辈们一定要怀着一颗孝敬之心，耐着性子听他们絮絮叨叨、啰啰唆唆、没完没了。做父母的忠实听众，从某种角度上讲，这也是尽孝道。母亲去世后，陪父亲聊天成为我陪他告别孤寂的一种有效方式。

即将步入耄耋之年的父亲时常以看书的方式打发老年时光。但他也仍像当年一样喜欢摆龙门阵，可以说我是在父亲的龙门阵中长大的。小的时候，每当夜晚，一家人在院坝纳凉赏月时，父亲就给我们几姊妹讲月宫中关于桫椤树的传奇故事。转眼几十年过去了，有时，他还讲给我和我的后辈们听。我每次故意装作好像从来没有听过一样，有时还饶有兴致地扯一些莫名其妙不着边际的话题，弄得父亲反过来指责我记性好差，我内心却很舒坦。他也许不知道，在早已成人的小儿子心中，藏着一个既平凡又普通的目标，那就是希望他老人家平平安安健康长寿，无论他老人家说什么，我都无所谓。

为了父亲身体健康，我时常思考，也付诸行动，经常有意让他参与到纷繁复杂的家庭事务中，尽管有些事情我明明知道该如何应付、如何处理，但也会故意去问他，让他参与家庭事务的决策，使他在家庭中时常产生一种存在感，不会老是觉得自己在吃闲饭。其实，这是给他机会，让他充分表达他的观点或意见，目的是让他也有所思考，锻炼一下思维，减少得老年痴呆症的概率。

父亲住镇里已经有好几年了，忙完事情的间隙，我就陪陪父亲聊聊天，摆摆家长里短的龙门阵。老家哪个娃儿今年考上大学了，哪家这几年发财了，哪家遇到天灾人祸日子不好过了，哪家到省城安家了，村子里的光棍又少了几个……其实这些与他压根没多大关系，但我也会搜肠刮肚给他娓娓道来，他像个小孩子似的在一旁洗耳恭听。他时而插插话，问些无关痛痒的事，父子俩的龙门阵战线就这样一下子拉开了，一般半个小时不嫌少，一两个小时也不嫌多。话说回来，我即使再忙，也会抽时间陪父亲摆龙门阵。我从不认为这是在耽搁时间，相反，我认为这是一件十分有意义的事情。妻子指责我，说我一件事情不知说了多少遍还在说，我说，你与他不一样，同一件事情对你来讲可能确实是听厌烦了，可是针对高龄的父亲来讲呢，

这些龙门阵天天都算稀奇事，他每次听都会兴致勃勃，你千万不要用你的记忆标准来衡量父亲。妻子被我的三寸不烂之舌说服了，再也没有打扰过我与父亲聊天亲热了。

陪父亲聊天，有意识地牵着父亲的思维走，我发现他的精神面貌越来越好，只有他好，我及我的后辈们心里才会踏实，才会感到万分高兴！

（2016 年 9 月 26 日发表于《巴中晚报》）

经营闲暇

“喂！喂！快点拿个背篼来，这草笼笼里还藏了三个瓜子呢！”妻像发现新大陆似的，在地坝边的菜园子里大喊。

妻子住街不像有的人那样一有空就往茶馆里钻，也不爱三个五个堆在一起半天半天嚼舌根说空话。无事的间隙，地坝边的菜园子就是她的唯一去处。翻地、除草、施肥、捉虫。地里的黄瓜、番茄、苦瓜、丝瓜、豇豆、茄子、辣椒等在她的悉心照料下，你不让我、我不让你比赛似的疯长着，隔三岔五便会给我们一篓篓的馈赠，煞是惹人喜爱。

说实在的，我们夫妻皆属上班一族，经济上虽然也拮据，但妻子那样做，并不是定要赚回买菜的那几个小钱，节约一笔开支。相反，她图的是个乐趣和有意义。

妻子利用闲暇时间将地坝边那块别人抛弃闲置已久的土地开垦出来，种上蔬菜。这也是利用下班归来的休息时间参加体力劳动，舒活舒活筋骨、锻炼锻炼身体。

奇怪，自从揽上这份苦差事后，一向爱感冒的她竟一反常态几乎不怎么生病了。我们全家的生活也不经意地改善了，比如尝鲜随时都可以。不管怎样，地里摘的就是要比街上买的鲜得多，有时摘回的菜上还沾着露珠儿呢！

妻子种的蔬菜可称得上是地地道道的无污染的绿色食品。她种菜从不喷什么药，连施的肥也全是“大粪”加“小便”。就算菜生了虫，她也是用竹片、木棒或树枝之类做武器，一边紧紧地咬住牙齿，把头偏向一边，眯缝着眼睛，一边小心翼翼地将虫子钳住夹掉。有时菜地里还会传出一两声尖叫。要是碰到大一点看着就让人肉麻的害虫，她也会向我这个“救兵”求援。

园子里的菜也真有福气，妻的胆子那么小，但为了不让园子里的菜受到化学药品的毒害，总是会提心吊胆地照顾它们，如待新生的婴儿一样。在妻的尽心呵护下，菜园

子里一年四季郁郁葱葱、青翠欲滴。

妻自幼读书，不谙农事，但她谦虚好学，总是向其他人请教。附近的老农都是她的老师，什么时令种什么菜、哪种菜该如何种、肥该咋样施、怎样管理等她都会耐心细致地一一向那些长年累月和土坷垃打交道的“专家”请教。那些老实巴交的农民也丝毫不保留，传授起技术来，从枝谈到叶，头头是道，通俗易懂，毫不含糊。在旁的妻子洗耳恭听，俨然一名听话的小学生。现在妻子种菜“内行”了，这块不足三十平方米的地在她手里焕发出勃勃生机。

妻偶尔也将亲手种的菜送给邻居一些，让他们分享自己的劳动果实。为此，邻居也十分感动。

每当我对妻子的劳动成果大加赞赏时，她便会戏谑我：“勤人做来懒人爱呗！”我呢，不好伤妻子的心，默认了，因为事实胜于雄辩。

日复一日，年复一年。转瞬，我与妻已结婚近二十个年头，妻子如此经营闲暇充实并快乐着，我们全家也因此充实并快乐着。

（2008年2月3日发表于《巴中日报》）

二　哥

我们家七个孩子。早先，父母特别宠爱二哥，我一直埋怨父母偏心。后来，已为人父的我渐渐懂得了二哥受父母宠爱的原因：懂事、勤快、替父母分忧、以大局为重。

二哥出生在二十世纪五十年代中期，才过十二岁的他看着家里姊妹多，父母负担特别重，于是小学没有毕业就主动申请回家帮助父母拾掇家务。父母说他年龄太小，一万个不答应，但他们还是拗不过二哥。二哥在家割草放牛、拾柴煮饭，独自揽下全部家务，目的是让其他兄弟姊妹安安心心上学读书，让父母一心一意挣工分养家糊口。碰到有空的时候，二哥就驮着个大草背篼出门到处扯夏枯草、挖半夏、割蓑草、捡拾枯桐子等，千方百计为家里挣点活钱，在经济上进一步替父母分忧解愁。稍大一点，他就迫不及待地加入生产队挣工分大军的行列。二哥年龄小，开始生产队的记分员每天只给他记两分，他不服气，别人一天八九分，甚至十分，他为了证明自己虽然人小但也并不比别人差多少，故而每天总是比别人先上坡下地干活半个小时，收工时，也总要留下来多干一会儿。作业小组长和记分员看这小伙子不偷懒，干活实在，确实比大人差不了多少，不到半年，二哥的工分一下子从每天两分飙升到五分。这个级别相当于大半个成年“主劳”了。这不但乐坏了二哥，爸妈心头也乐开了花。要知道，这对当时家庭子女多又全靠挣工分吃饭的一大家子人是多么的重要！

二哥收工回家也从不闲着，择菜、洗衣、煮饭忙得脚不着地。一有时间他便跑到隔壁云叔叔处学习编篾手艺，因为二哥嘴甜，腿勤，又听话，云叔叔随便使唤个啥他都言听计从，所以云叔叔特别喜欢他。二哥有不懂的地方，只要去问他，哪怕再忙，他都要丢下手中的活计耐心细致地给二哥讲解、指导，直到二哥弄懂为止。我经常是双手托着下巴，蹲在二哥旁边，专心致志地看着二哥拾掇篾货，有时为自己在一旁能够替他拿东拿西打点小杂感到无比自豪。二哥心灵手巧，细细的篾丝儿在他手中就像变戏法似的，一会儿就变成了扇子，不久一个背篼又产生了，不知啥时候一张大大的席子又铺在了地上，屋里的簸箕、筲箕不几天又换成了新的。当时小小的我，真是太崇拜二哥了。二哥抽空编的篾货还经常被父母背到集市上变卖成钱，补贴家用，这在当时，算是为沉寂的家庭经济注入了活力。

二哥结婚后不久，我们家便开始分家。四弟兄在邻里及长辈的见证下，在充分尊重父母意愿的前提下，共商“家是”。开始大家商议把家产分成四股，待大致分均匀后就采取抓阄的方式决定。当时我才 8 岁，刚读小学二年级。二哥觉得我年龄小，考虑问题还不成熟，怕日后我成人了以“当时无行为能力”为由反悔，故二哥主动提出要了四股当中大家公认为最弱的那一份财产，其目的是为了避免今后说闲话无端伤害兄弟情谊。他的这一举动直接影响到大哥和三哥，他们也依次选择了大家公认为较弱的另外两份财产，我自然就得到了大家最看好的那一份家业。一场本来觉得应该由抓阄来解决的家庭财产分配问题，最终在二哥的带头谦让中得以圆满处理。

岁月不饶人，如今二哥已步入了花甲之年。成天儿孙绕膝，享受着天伦之乐的他，仍然悉心经营着姊妹间的这份手足之情，浇灌着几十年来兄弟妯娌们共同缔结的这朵历经风霜的亲情之花！这份情必将会越来越浓，这朵花一定会越开越艳！

（2016 年发表于《巴中散文》第 1 期）

曾贤礼老师印象

十年寒窗，迎来了期盼已久的粮食供应证和户口迁移手续，终于了却了父母的一桩心愿，我长长地舒了一口气。

当我跨入师范学校的大门，心一下子凉透了，一想起三年后将回到那贫穷落后的小山村，一辈子从事农村小学教育教学工作，心里就如同打翻了五味瓶，很不是滋味。开学第一个月，我成天闷闷不乐，心不在焉。

在这人生的十字路口，我给曾贤礼老师写了一封信，向他详细汇报了我的入学情况并倾诉了深藏内心的苦闷。不几天，便收到了他的回信，他在信中教导我：人一生要知足常乐，不要得陇望蜀、好高骛远，对自己一定要有个准确定位。

曾老师的谆谆教诲让我陷入了沉思。曾老师是我读补习班时的班主任兼语文老师。他原本在平昌县西兴镇初级中学任教，由于他思想境界高、工作踏实肯干、教育教学成效显著，一直以来深受上级领导赏识、师生爱戴，所以后来被选拔到平昌县西兴中学（当时的区中学）任教，我是他在西兴中学教的首届毕业生。

曾老师经常和学生黏在一起，他时刻关注着学生的学习情况、思想动向，科任教师在课堂上没有发现的问题，他却早已心中有数，因为他时常在教室外转悠，哪些学生喜欢搞小动作、哪些学生爱打瞌睡、哪些学生爱咬耳朵，他都了如指掌。全班同学都知道他的习惯，所以不管哪个老师上课，同学们都听得认真、记得仔细。要是一旦被他抓住“把柄”，大道理就会使耳朵生“茧”，凡领教过的学生，都不敢有半点含糊。

曾老师善于挖掘学生优点，并以此为契机表扬、激励学生，促使学生在学习上不断进步，我的语文成绩就是在他的不断激励下取得长足进步的。记得那一次，我作文中的某一段写得特别好，他便在班上声情并茂地朗读了那段文字，并给予高度评价，我心里像吃了蜜样甜滋滋的。从那之后，我对作文便产生了浓厚的兴趣，后来他又多次在班上朗读我的习作。在他的教导下，我的语文成绩在较短的时间内得到了大幅提升。

补习班的学生来自不同乡镇，管理难度大。很多学生“半灌水”“响叮当”，很多知识，老师在课堂上还没讲，他们就“懂”了，可抽起来回答，又说不出个所以然，发下的测试题，一看志在必得，好像可以打120分，可卷子一

改完，发现差几分才及格。如此大的落差，曾老师称之为“眼高手低”。曾老师常在班、团会上批评这种现象，这种倾向只要一抬头，他便会将之消灭在萌芽状态。

曾老师在生活上对学生也是关怀备至。他经常说，学生好比子女，对他们的困难作为教师绝不可熟视无睹。的确，他经常帮助有困难的学生，哪位学生没钱打菜汤了、哪位学生生病无钱买药了、哪位学生回家没有车费了，他都惦记在心并慷慨解囊。不知多少个晚上，都十一二点了，他还深入学生寝室查看睡眠情况，给没有盖好被的学生盖被子，给在摆空龙门阵还没有睡意的学生发去“最后通牒”。

在曾老师的教诲下，毕业会考，我们班有九名学生上预选线，在中师中专选拔考试中，除一名学生落选，其余八名都考上了中专或师范（有一人考上幼师）。这一成绩，打破了西兴片区中考班级学生录取人数历史记录，在全县也绝无仅有。曾老师实现了他教学生涯上的一次大跨越，他也因当年教育教学成绩特别辉煌，获“全国模范教师”殊荣，还被组织提拔为学校后勤主任。之后不久，他便被任命为学校常务副校长。

曾老师躬耕山区、播撒希望、放飞理想、成就未来。事实证明，在贫穷落后的山旮旯，仍旧可以实现自己的理想，我应该不忘初衷、振作起来，全身心投入到新的学习、生活中去，我必须珍惜这来之不易的机会。在曾老师的启迪、教育、引领下，我的头脑清醒了，开始沉下心来，潜心钻研学习师范各门功课，曾老师的教诲也使我后来成了平昌教育浪花一朵。

这么多年，我一直铭记恩师的教诲，扎根三尺讲台，心无旁骛，尽情绽放自己。在这里我向曾老师道一声：“谢谢！”

（2021 年 11 月 25 日发表于《巴中晚报》）

谆谆教诲融真情

——怀念恩师唐思孝

我的文学老师唐思孝离开人世已经十载有余了。不管什么时候，我只要一想起他，心中就会涌动着无限的感激之情。

唐思孝和我是同乡，彼此年龄悬殊忒大，由于我们都有一个共同的嗜好——酷爱“爬格子”，所以我俩便成了忘年之交。曾记得，我和他在一起的美好时光，在那段时间里，唐老师跟我谈论得较多的是民间故事和民间诗歌方面的一些内容。摆谈中，当他发觉我在文学上有断断续续、时冷时热的毛病时，不惜搁下手中的笔，不止一次地找我促膝谈心，劝我不要像别人那样老是盯着钱眼转。他总说历史是不会记录你一生留下多少钱财的，它主要记录的是一个人对人类精神文明所做出的贡献。有些人死后就只留下个“土堆堆”，那又有啥意思呢，牛踏马践而已。他那不厌其烦地谆谆教诲，悉心点拨，使我那濒临熄灭的文学之火又燃烧起来了。这么多年来，我始终都没动摇过自己对文学创作的热情。在我那抽屉中的一封发黄的信壳内，至今还完好无缺地保存着恩师唐思孝赠给我的一首励志小诗：“为文之路古难行，要想成功需有恒。刀山火海觅小诗，横笔直书真人生。”它如同冬天里的一把火。每当我在文学这荆棘丛生的崎岖小径上徘徊、迷惘，甚至产生打退堂鼓的想法时，脑海中就会情不自禁地浮现出这首激励我上进的小诗。不知怎的，身后似乎就会产生一股莫大的神奇力量在推动着我，推动着我挤入文学的轨道。

唐思孝老师是中国乡土诗人协会会员、中华诗词学会会员、四川省民间艺术家协会会员、四川省作家协会会员，同时他又是县政协委员。他每天除肩负繁重的写作任务，还忙于不少的社会性事务。他去世前几年常住县城，但每次回到西兴，都忘不了到我所在的学校坐一坐，看看我这个“小”字辈，关心关心我这个名不见经传的普通文学爱好者，问我在文学上遇到了哪些困难、又发表了几篇文章、思想上在追求进步没有？有时半天半天地坐下来悉心修改我的拙作。他还特别教导我，欲攻文学这座堡垒，最好选准一个目标，比如主攻小说、散文或诗歌之类，锲而不舍方能成功。我和唐老师每次短暂地交谈后，心里都会产生一种负疚感，总觉得自己对文学的投入离他这位老大哥的要求甚远，有悖他的心愿。但我还是一次又一次地暗下决心，一定要争取多发表几篇作品，不辜负老师的一片苦心。

唐老师去世前十天，回过两趟西兴。头一趟到西兴和我摆谈了近半个小时的龙门阵，他慎重地告诉我，他和县内另一位作家准备联名推荐我加入巴中市作家协会，我简直受宠若惊，但心中更多的是感激。唐老师觉得“一花独放不是春”，“百花齐放”才“春满园”。他介绍我加入作协，目的是希望我通过作协结识更多的知名作家，以便更好地切磋文艺，好日后在文学这块园地里大展宏图，这是多么用心良苦啊！他去世前一天回过西兴，但我们并未见面，他叫他的老邻居原西兴文化站站长王家武带信给我，叫我照一张一寸黑白照片，准备好历次发表文章的复印件，待文化部门通知我开会时上交。谁知还没到开会，他便撒手人寰。我能否加入作协无足轻重，最令我扼腕痛心遗憾之至的是，我失去了一位文学上的良师益友。

唐老师驾鹤西去，我悲痛万分，他的教诲我将永远铭记在心，他的专著我将恭恭敬敬地摆放在我的案桌，视若珍宝：《红军高级将领刘伯坚》《徐向前李先念戎马传奇》《博爱新古体诗词选》《巴山风情歌》等，它们将一如恩师一样永远陪伴着我，永远激励着我在文学这条道路上不断前进。

（2016 年发表于《巴中文史》第 4 期）

怀念玖老师

前不久，玖老师因并发症，导致肾等多器官功能衰竭，经医院多方抢救无效，带着诸多遗憾，离开了人世。

十年前，刚退休不久的玖老师，因在野外不慎摔倒，导致颅内出血，经医院及时救治，保住了性命，但生活不能自理，智力等同于一岁小孩。这对玖老师的家人而言，是一次无比沉痛的打击，但事已至此，家人们也只能接受这残酷的现实。十多年来，玖老师的家人无微不至地照顾着他的吃喝拉撒、日常起居。家人多么希望在玖老师身上出现奇迹，可直到他去世，都未能如“祈”所“愿”。

我小学五六年级，在玖老师班上就读，那两年，我一头扎进了他耕耘的那片教育沃土，聆听他的谆谆教诲，领悟他的处世哲学，领略他的育人风采。其中，印象最为深刻的，是他常挂在嘴边的两句口头禅，虽过去几十年了，但至今，依然历历在目，记忆犹新。

一句是“小病大治，大病不治”。这是一句很有哲理的话。当初听起来，颇觉怪异，后来，我慢慢懂得了这句话所蕴含的深刻含义，意思是平时别把小病不当回事，一旦有病不能拖，必须引起高度重视，只有把小病消灭在萌芽状态，才不会有大病缠身。没有大病，自然就是“大病不治”。玖老师常用这句口头禅教育他的学生，随时注重身体，一旦伤风感冒，就要抓紧治疗，千万不要等病严重了才去医治。几十年了，这句话，我一直铭记心间，也以此去教育我的学生们。

另一句是“要想人不知，除非己莫为”。想起这句，不得不提到一个故事。那一期，开学才两天，玖老师放在讲桌上的教科书不翼而飞。他很气愤，但他并没有在班上发泄情绪，而是静下心来，通过各种迹象，认真分析，综合研判，最后，他笃定这是班上学生所为。他考虑到，在处理这件事情上，必须慎之又慎。一旦方法不当，就会在学生幼小的心灵里留下阴影，进而可能会影响学生一生。既要追回失去的教科书，又要保住学生的面子，班上冒出的这等“丑”事，必须“艺术”处理，千万不能让“真相”大白于班上。他在班上是这样讲的：“哪位同学‘借’了我的教科书，怎么不打招呼呢？你虽然没有给我说，但我心里是清楚的，自己自觉点，常言道：‘要想人不知，除非己莫为’。老师相信你是一个知错能改的好孩子，我今天不批评任何人，也不搜大家的书包，目的是给你一次改过自新的机会，希望你在最近一两天，可以趁教室没同学时，主动给我，我不会透露秘密，绝对保住你的名声。也可以趁放学后，悄悄从教室门缝塞进去，我一开教室门就会收到。这次踩‘虚’了脚，老师说原谅你，一定说话算数，因为每个人都有糊涂、犯错误的时候，但这样的事，只能再一，不能二，今后一定要养成良好的行为习惯，常言道：‘小来偷针，大来偷金。’‘君子固穷，小人穷斯滥矣’。我的学生绝不能干这种偷鸡摸狗的勾当。”“要想人不知，除非己莫为”，玖老师经常用这句话教育我们，要立足社会，必须做一个堂堂正正、光明磊落的人。不管什么时候，只要你做了见不得人的事，就会被别人知道，一定不要存在侥幸心理。这句口头禅警示我一生。

玖老师从自身做起，一言一行，一举一动，无不影响着他的每位学生。如今，他虽已作古，但是，他给学生们留下的这笔宝贵的精神财富，必将不断激励我们走实、走稳人生的每一步。

（2023 年 12 月发表于《巴中文学》第 4 期）

参悟人生

无“折”一身轻

结婚时，每月工资六十二元五角，家里上有老，下有小，油盐米酱醋开支也不少，加之又有吸烟等嗜好，使得家庭经济捉襟见肘，入不敷出，寅吃卯粮。为此，夫妻俩时常拌嘴扯皮。

一次次的争吵，换来了我的妥协。为了家庭，我不得不反思，权衡利弊，最终做出决定，主动将家庭经济大权交给妻子。从那时起，我的工资折子就移交妻子保管了。这样有三大好处：一是我自控力差，可开支可不开支的项目能够得到有效控制，达到节约的目的；二是不可以开支的项目，能够做到坚决不开支，比如抽烟、打小牌之类的开支就不会再发生；三是家庭推行“阳光经济”，夫妻免得因相互猜忌，影响感情。

丧失经济大权，说实在话，一时真还不习惯。想抽烟，一摸兜里，没有钱，也就只好作罢了，不再像以往那样便

捷，想用钱拿着折子径直到信用社去取。当然，有时也会萌生向妻子索要的蠢念，但转念一想，真还开不了口，毕竟一大家人生活，就靠那么点工资。最终，良知战胜蠢念，“忍”字“覆盖”了欲望。别人给烟也不再领受了，还一个劲地说，现在不知咋的，吃烟脑壳昏，自己腰包里也没有再装烟。久而久之，烟也不抽了，但家庭经济在老婆的操控下发生了变化。尽管靠工资吃饭，但妻子肯吃苦、擅经营，还时常上街买点水果、糖食、小吃之类逗老人、小孩喜欢，一家人其乐融融，日子过得有滋有味。想想妻子盘活家庭经济的招数，作为丈夫，确实有点汗颜。

不保管折子，取钱也就基本上成了妻子的任务，我一年难跨信用社几次门槛。有时，明明自己有空，却总要找托词编借口搪塞，搅得妻子再忙也得走一遭。如果有人突然问我卡上一个月工资是多少，我真还一时答不上来。

家庭开支这一块主要由妻子统筹，除大件开支需征求我的意见外，其余支出一概由妻子做主。妻子掌管经济大权，自然操心大，不到五十，皱纹已悄悄爬满了她的额头，白发也染满双鬓。特别是两个孩子读高中、读大学那几年，妻子一下子似乎苍老了许多。两姊妹相差一岁，读大学也只差一年，每年两个孩子的学杂费筹集、每月的生活开支、再加上琐碎的家庭支出、农村办酒的支出等，都全靠妻子的苦心经营、运筹帷幄。

我年龄比妻子大，头上白发却甚少，我也知道个中原因，内心深处既心酸又难过。想当初，我交出家庭经济大权，看来冠冕堂皇，倒也促成了我的无“折”一身轻。但这实质上变相地将家庭经济重担压在了妻子那副柔弱的肩上，我在无形中逃避着残酷的现实。现在想来，我的“一身轻”显得有点那么自私、那么无情和缺乏担当。如果再给我一次机会，我绝不会再当家庭甩手掌柜，立誓努力经营家庭、经营爱情、经营幸福，立志从主观上改变自己，绝不被借口绑架。

（2018 年 7 月 15 日发表于《巴中日报》）

逛街见闻

2017 年元旦，川东北地区跨度最大的市政工程桥梁平昌县黄滩坝大桥落成。我和妻怀着无比喜悦的心情，从大桥这头走到那头，又从那一头走到这一头，桥两边立了多少盏灯，桥长一共多少步，一共走了多少分钟，我们都了然于胸。我们还特意照了相，发到朋友圈。可是在回家的路上碰到的两件事，使我们刚才还很火热的心情，一下子降到了冰点。

一件事情是，我们走到金太阳光小区，看到一超市正在举行开业庆典，老总请了演艺公司的艺人唱歌跳舞打锣打鼓，场面煞是热闹。妻子坚持去听听歌看看热闹再走。我如其所愿，陪她前往。一曲《青藏高原》终了，只见歌手随便向观众扔下些餐巾纸等小件礼物，逗得在场的人你争我抢，大家都想成为幸运者。另一位歌手上场，为了再次掀起高潮，故意炒作，“指责”上一个歌手出手不大方，

过于吝啬，要是他就扔一大包给大家，他边说边拿一大包餐巾纸在舞台上故弄玄虚绕几圈，然后突然向围观群众扔下去。这下，场面变得不可控制，由于都想讨个好彩头，你抢我抢大家抢，几十双眼睛盯着，几十双手都朝礼品猛抓过去。这时，一位中年妇女“啪”的一声被撞倒了，仰面朝天，后脑勺重重地磕在了地板上，那位妇女爬起来后就悻悻离去。还好，没有造成大的伤害，算是不幸当中的万幸吧！

看完热闹，继续踏上回家路，经过某银行，我顺便进去取了点钱。在取钱的过程中，又发生一件事，心里颇觉不爽。一名中年妇女掏出折子取钱，营业员一看卡上，只有几十元余额，极不情愿地说：“只有几十元，取啥？”那位妇女急忙解释，说她是帮一位老人取的。“只有几十元啦，取啥子嘛？”营业员情绪略显激动，声音有点洪亮。那位妇女再三请求，营业员才边抱怨边将钱取给了她，露出一脸的不屑。我想，几十年来，国家经济水平的确提高了不少，大家的收入也提高了不少，但存钱自愿取钱自由应该是各大银行最基本的金融理念。直言不讳地讲，只要服务对象卡里有钱，营业员都该履行取钱的义务，绝不可说三道四。

一元复始，万象更新。元旦碰到的一些影响心情的琐碎事，但愿在今后的生活中不会遇到。文明社会，我们每一个人都想高质量地生活着、工作着、快乐着、幸福着，为了让那些不和谐的音符少在生活中出现，我们共同努力吧！

（2017年2月6日发表于《巴中晚报》）

找东西

随着年龄的增长，我的记性也变差了，经常丢三落四，寻“东”觅“西”。妻子与我成了一根藤上的蚂蚱，她也跟着遭罪。值得庆幸的是，夫妻幽默风趣，话中“生”乐，反倒逗得彼此都很开心。

手机明明放在床头柜上，我却一味在沙发上、桌子上或书橱上到处寻觅，一阵晕头转向后，只好求助妻子，“快用你的手机拨下我的电话嘛”。妻子经常埋怨：“我多空哦，光叫我有事没事拨你的手机，你的记性咋那么差，一会儿工夫，东西放哪里都想不起来了，你别明天连我也忘了哈！”我故作镇定地说：“咋个会嘛，我每回忘的都是‘东西’，你又不是‘东西’，我咋会忘呢。”妻子佯装生气地扑过来，我趁势搂住她，舒心地迎接着她那几招“快活掌”，大家一阵开怀大笑，小小的屋子里气氛又活跃起来了。

我看书，有时爱把眼镜摘下来。那天，摘下的眼镜又不知放哪里，客人马上就要到我家了，我急得直跺脚，叫妻子快点过来“救驾”，帮忙找眼镜。妻子一脸怒色，慢条斯理地说：“找眼镜就不能用手机拨打了哈，要是眼镜能说话，可以用拨打手机来寻找，那才方便哟。”弄得我哭笑不得。也怪，她这一说，突然，我灵光一闪，想起来了，原来眼镜装在盒子里，被我放在电脑桌下边的平台上。

夫妻话中生乐，乐趣常在。

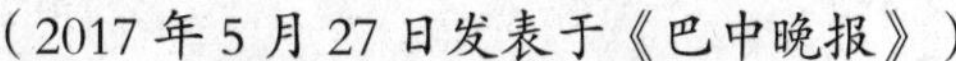
（2017年5月27日发表于《巴中晚报》）

邂逅麻雀

我有很多年都没有看到过麻雀的身影了。闲暇和同事一起探讨麻雀的去向，有的认为是近年气候变化导致麻雀在本地消失，有的认为是庄稼大量使用农药导致麻雀陡然减少，答案莫衷一是。

想当年，麻雀特别多，农户翻晒粮食，每次都要安排大人或小孩躲在一旁经管，严防麻雀偷食。曾记得，那一次，我家晒糯谷，妈叫我经管。我满口答应，没多久便跑到大院子和几个小朋友一起玩去了。临近中午，妈到晒坝喊我回家吃饭，找不到人，只见一坝的麻雀，密密麻麻的，被啄食的糯谷可想而知。母亲气不打一处来，随手折了根黄荆条子，边走边骂，到处找我。当我远远看见母亲气冲冲地向我逼近时，我慌了，知道又是麻雀偷食粮食，一顿饱打在所难免。我情急之下，一溜烟撒腿跑了。那天中午，我都没敢回家吃饭。从那以后，我对麻雀特别讨厌，甚至

憎恨。平时只要一看到麻雀，就会条件反射般捡块石头砸过去，巴不得置之死地而后快，这种情况，一直延续多年。

我参加工作后，一直在镇上上班，很少回老家，麻雀也淡出了我的视线。近二十年，我都没有见到过麻雀。说句实在话，久了不见，不知是想念它，还是良心发现，我猛然觉得这个五彩斑斓的世界少了点什么，内心总是牵挂着，哪怕它再来吃我的粮食，我也觉得没有什么了。问题是麻雀的影子再也没有见到过了，想起自己当年对麻雀的恶劣态度，我好想弥补我的过失，好想表达我对麻雀的愧疚。

前不久的一天下午，大约五点多吧，我到附近金太阳光小区广场购买体育彩票。正当我快要走到彩票店时，突然，眼前一亮，广场边竟然有两只麻雀正在地上一前一后地觅食。我辨别不出它们是夫妻还是兄弟姊妹，抑或是朋友，反正它们显得十分亲密。我生怕打扰到它们，于是，不动声色饶有兴致傻傻地注视着它们，就像多年不见的老朋友一样。它们的每一个动作，对我来讲，都是精彩的瞬间，我生怕错过。我知道，一旦错过，又不知要到何年何月才能再次目睹它们的风采了。近半个小时过去了，它们才飞去。看着它们远去的身影，我心里有种怅然若失的感觉。值得欣慰的是，整个过程我都没有惊扰到它们，因为我知道，此时此刻，让它们过着这种宁静的生活才是对它们最大的帮助和爱护。

我与麻雀多年以后的邂逅，使我了却了心中的那份牵挂，我终于知道，它还在这个世界中，但不知何年何月，我们才能再次在何处相见，衷心希望其中间隔的时间不会太长。

（2017 年 5 月 8 日发表于《巴中晚报》）

网名变奏曲

开始上网那阵子，想给自己取个新奇而又独特的网名，其目的是想吸引别人的眼球，真可谓煞费苦心。我一想起我这个人，平时性情有点急躁，经常忍不住犯冲动，为这，偶尔还与人发生口角。口角过后一反省又为自己的一时冲动后悔。其实很多事情回过头来一想，只要冷静处理，是完全可以避免口舌之争的，口舌之争既伤感情又伤和气，这种不适之举造成的是几头吃亏。于是，我给自己取了个网名叫“冲动背后”，意在时时告诫自己考虑和处理各种问题时不能意气用事，逞一时之豪情的结果往往容易乱了方寸，造成不利于日后工作开展的不良局面。

“冲动背后”这个网名用过两年后，我觉得我比以往稳重多了，处理问题也冷静了，再也没有因为一时冲动犯过不该犯的错误。朋友们都说我那个火爆的性格变了，变得温和了，变得更容易相处了，我也为自己逐步稳重成熟起

来而高兴。这个“冲动背后”的网名在虚拟世界中漂浮游荡了两年，终于完成了它的历史使命。我又为如何更新一个网名而犯愁起来。想起我这个人爱好文学艺术，时常舞文弄墨，还偶尔有些微斩获，颇受领导器重同事青睐。我何不取个能够反映自己兴趣爱好的网名呢？我左思右想，突然脑海中浮现出一个词语“妙笔丹青”，但转念一想，我虽爱好文学，毕竟只是一个无名小卒，仅仅是停留在“爱好”这个层面上，不足以张扬，更不值得炫耀，这个“妙笔丹青”我是承受不住受之有愧的。继而我又想起“抛文架武”，但我立马又给自己否定了，这个网名一是显得有点轻浮俗气，二是我虽爱“抛”点“文”，但压根就不会“架”“武”呀！还是改个恰如其分又不失高雅点的网名吧。经过很长一段时间的深思熟虑，“水墨丹青”这个网名终于浮出水面，这个网名我一用又是三年。这三年，我为了对得住这个网名，我用了大力气，花了深功夫，一篇篇文学作品发表或获奖，一篇篇反映校园生活的深度报道在国家、省、市、县级媒体频频露面，“水墨丹青”这个网名终于做到了问心无愧。

我已过不惑之年，也即将步入“知天命”岁月。为了让自己趁“年轻”尽量多出成果，我时常警醒自己不能躺在功劳簿上睡大觉。于是为了进一步鞭策激励自己，我再一次将网名更改为“扬鞭催马”，意在告诫自己起三更睡半夜，须臾不得懈怠。看着自己一天天取得的成绩，心里异常高兴，我高兴的不仅仅是自己在文学艺术上日渐进步，更重要的是我在自己的本职工作岗位上也是更上一层楼。没有最好，只有更好，只要扬鞭催马、马不停蹄、奋勇直追，我坚信离事业的巅峰时期就会靠近一步，再靠近一步……

网名的变化，反映出我某一个阶段的变化，也透露了我人生某一个阶段的奋斗目标。变的是网名，折射出的是我勇往直前的人生追求。

（2015年7月17日发表于《巴中新报》）

养 生

“喂，李二哥，今晚怎么一个人出来散步，还愁眉苦脸的?”“她今晚逛黄滩坝大桥那边。”老二头也不回径直朝前走。为了一探究竟，我紧追上去。老二姓李，与我同年在一个小区买的房子，他住在我的隔壁，我们合得来，关系特好，胜似亲兄弟。他比我长两岁，因他在家中排行老二，故我尊称他为李二哥。“李二哥，你等我呀，逛路走那么急干啥，又和嫂子闹意见了?”“哎呀！我懒得和她说哟。”“到底是为啥嘛？给兄弟说看，或许我可以帮到你呢！”“你看嘛，明天礼拜天全家人准备出去旅游，你嫂子说到镇龙山国家森林公园，她说那里植被好，空气新鲜，想趁儿子媳妇不上班，全家人出趟远门，呼吸呼吸新鲜空气，保养保养肺。我的意见是：到镇龙路程有点远，不方便。再加之，这又是三伏天，干脆一家人到驷马水乡大峡谷去冲冲浪，顺便走走玻璃桥，一来避暑，二来让孙子长长见识、练练胆量。按惯例，全家人举手表决。表决结果，只有八岁孙子同意她婆婆的意见，其余都同意我的意见。本来少数服从多数嘛，可你嫂子一根筋，硬要坚持她的意见。我拗不过她，儿子媳妇也拿她没有办法，只好答应明天到镇龙山国家森林公园耍。你看，你二嫂多霸道嘛！没意思，今晚，就是不想跟她一起散步。哎呀！莫说了哟！”哦，原来这么回事。李二哥的步伐越来越快，企图通过加快脚步让内心释怀。我快步跟上去，拍拍李二哥的肩膀：“李二哥，这次就依你老婆，下周到驷马水乡大峡谷也可以嘛。一家人何必计较那么多呢！”“依她没事，关键每次她都那么强势，真是恼火得很！”李二哥边说边摇头。

他告诉我，儿子最近孝敬他“两条软中华”，他递给我一支。刚才阴云密布的脸上，开始露出几分得意的神情。接着，他讲起上次家里来客的事。作为好兄弟，为了让他消气，我甘愿做他的忠实听众。李二哥说，上次老家一位远房亲戚到城里办事，他请亲戚到家做客，为了面子，李二哥提出当天中午全家到“皇甫肥牛”吃一顿。“皇甫肥牛”可是远近闻名，不但价格适宜，而且菜品也好，服务周到。可嫂子偏偏不开窍，罗列一大堆理由，什么馆子里的东西要尽量少吃啦、油荤吃多了对身体不好啦、馆子里的东西弄不干净啦……归结一点，那就是自己弄的东西才放心。李二哥拗不过，只好在家里款待亲戚。人家到城里来，还是享受“农村待遇”。为此，弄得他几天闷闷不乐，内心总

觉得过意不去。

尤其让李二哥难以忍受的是，二嫂成天强调多吃素。李二哥讲：“为了远离‘三高’，你二嫂都成了保健专家，只要没事，她就打开微信搜索健身方面的一些内容。同时，她又像个健身义务宣传员，随时提醒我们一家人哪些食品不宜吃，哪些东西要少吃。一想起那几年，生活条件差，我最喜欢吃烧白、粉蒸肉、红烧坨子肉、酥肉。可现在，你二嫂根本就不会煮给我们吃。说实话，有时我们真还想吃得很。那几年，在农村，我们两口子每时每刻在一起，栽秧、挞谷、压苕，形影不离。短短几年，她适应了城里人生活。天天晚上不是出去练太极拳，就是跳坝坝舞，散步都懒得在一起了，弄得我形单影只。”说完他长长地叹了口气。“你也可以加入她们的队伍，练练太极拳、跳跳坝坝舞呀！”我怂恿他。“我，一个乡巴佬……不习惯。再说，也放不开，不好意思哟！”老二“嘿嘿”笑起来。“大胆点，加入进去，不要怕别人笑话，动作不规范无所谓，只要能锻炼身体就行，不要在乎别人的看法。”李二哥默不作声，最后吐一句：“那倒也是。”在我的疏导下，他心里的疙瘩终于解开了。

又过了几天，在散步的时候，我老远看见李二哥跟嫂子一起在金锣湾广场练太极拳，我心里很高兴。为了不打扰他们，我默默地从广场旁边绕过去。待我回来的时候，我又看见他老婆在教他跳交谊舞了，两口子配合得倒还默契。我在心里默默地祝福他们，愿他俩在城里过得开心快乐！

（2019 年 11 月 10 日发表于《巴中日报》）

爱情的秘密

梅的丈夫君经常在报纸、杂志上发表文章，20 元、40 元、50 元不等的稿费源源不断地汇来，给本来工资菲薄、经济拮据的梅君夫妇的生活，带来了七色阳光。梅心甘情愿、一心一意地支持丈夫写作，把家务活全部揽下，目的是让丈夫有充足的时间投入到创作中去。

奇怪的是，最近好长一段时间丈夫怎么都没有收到稿费呢？梅暗自思忖着。除上班工作外，丈夫的业余时间全部用在写稿、改稿、誊稿、寄稿上，怎么会没有收入呢？他会不会把钱私自拿去“潇洒走一回”？梅的心中被团团疑云笼罩，挥之不去。再说，“花花世界”着实也很具诱惑力，梅的心中没“谱”了。

一天，梅给一位朋友写信，在丈夫抽屉里找笔时，发现了一本新奇的书——《爱情的秘密》。拿起书，“哗啦”一声，两张百元钞票从书缝里滑落下来，梅盯着两张崭新的钞票，直发怵。良久，她突然醒悟过来似的，心想："结婚八年，我怎么就没有彻底看透他呢？"

丈夫暗藏私房钱，到底想搞什么鬼名堂呢？她想马上跑到丈夫的单位，去问个明白。但转念一想，还是放长线钓大鱼吧。她又把两张百元券照原样夹在书里。

几天过去了，丈夫的一举一动丝毫没有异常，那夹在书里的钱不但没减少反而还增加了四十元，丈夫仍没把领到稿费的事告诉她。又过了一个月，夹在书里的钱增加到五百五十元了，仍然不见丈夫的动静。一天，梅故意问："这辛苦一个多月，怎么没有收到稿费呢？"丈夫没吱声，只是笑了笑。梅沉住气，努努嘴，也不再追问下去了。

梅的生日快到了，她想买件衣服，她把这个想法告诉丈夫，想进一步试探丈夫心中有没有她，没想到丈夫却一笑了之。

梅心想："你心里越是没有我，我越是得自己看重自己。"于是，她决定买件高档衣服作为自己的生日礼物。

那天，梅独自一人走在街上，老远看见丈夫和一个时髦女孩走进"新世纪服装超市"，梅嘀咕着快步跟了上去，拍拍丈夫的肩膀，冷嘲热讽："老公，你一个人在这里，怎么不把我带上啊！"梅强忍住怒火。君见妻来了，感到意外："你知道我给你买衣服啊？"梅不冷不热地说："谁知道啊？再说，那衣服的'主'还不知道是谁呢？"这时，试衣间的门开了，"大嫂，你既然来了，就自己试试吧，我可忙

我的去了。”

梅看着妹妹渐渐远去的背影，再看着面前憨态可掬、满脸堆笑的丈夫，心里酸溜溜的，激动的泪水夺眶而出：“老公，我错怪你了。”君抱歉地说：“都怪我想在生日给你一个惊喜，没想到，你误会了。”两个年轻人又紧紧地拥抱在一起。

（2003年10月31日发表于《巴中日报》）

“摸”钱经商的人

一个双目失明二十二年的中年人，六年前，他在家人的帮助下经商，闯出了一条发家致富路，他就是平昌县西兴镇天堂村二社的一位岳姓村民。

1978 年，岳村民在一次乡级公路修建中，因雷管突爆事故，失去了两只金子般的眼睛。从此，他便失去了自食其力的能力，靠社里补助和民政补贴过日子。但随着物价的不断上涨，仅靠社里补助和民政补贴生活，日子就显得过于“紧巴”，只能向政府伸手再“索取”，可是作为堂堂七尺男儿的他实在难以启齿。

那是 1994 年的春天，岳村民在家闲得无聊，郁闷至极，一想起改革开放这么多年，国家已经发生了翻天覆地的变化，家家户户都在忙着奔小康，可怜自己双目失明，废人一个，啥事做不了，一直是国家的累赘，家人的负担。一阵长吁短叹后，不免掠过一丝轻生的念头，但他立马又

收回了那种邪念，因为他觉得那样做太对不起生他养他的父母。冥思苦想中，灵光一闪，脑海里突然想到苏联著名作家奥斯特洛夫斯基也曾双目失明，但他并没有失去生活的勇气和信心，而是下决心克服重重困难，坚持文学创作，历经三年，终于完成了一部轰动世界的伟大作品《钢铁是怎样炼成的》。岳村民深受启发，他觉得上天给他关了一扇门，必定会给他开启一扇窗，自己也要找条门路，有质量地活下去。想半天，最后他决定学经商。但经商不是靠说一句话那么简单，他面临的第一大难题是看不到钱的面额。看不到钱，他便大胆地想到用手“摸”来判断各种纸币金额的多少。起初，他叫自家侄儿拿出各种硬币、纸币让他

“摸”，并随时考他说出所“摸”币的额值，如此反反复复。经过一个多月的“摸”练，他“摸”币的准确度终于达到98%左右。随后，他添置了货柜，又在侄儿陪同下，在街上批发店进了一批圆珠笔、本子、烟、玩具、副食等商品，开始在本村祝家湾要道处试着营业。他的货卖价比别人低，再加之人们又同情他，所以，他的生意一开始便火爆起来。一个月下来，扳指头一算，纯收入百余元，岳村民高兴极了。要知道那是他二十多年来靠自力更生赚出来的第一笔钱。从此，他便踏上了个体经商之路。

当笔者问他有没有人对他伺机行骗时，他笑着说：“有哇，但大人没有过。附近那帮不懂事的小捣蛋鬼，有时会用纸拿来骗糖吃，有一次被我识破了。好久都没有发生过那样的事了。”

据了解，村民们为表示对这位工伤残疾者经商的大力支持，对孩子的管教格外严，绝对不允许自家娃儿去欺骗这位岳村民。前不久，有个孩子用纸当钱骗糖吃被发现后，那位孩子的家长把孩子狠狠地教训了一顿。

岳村民通过自力更生改善了自己的生活条件。如今，他有点余钱，便慷慨解囊，偶尔资助附近的一些娃儿读书，三五十元不论，到底是哪些娃儿受益，他也不肯透露。

岳村民，大家佩服你。

（2001年2月1日发表于《巴中日报》）

雁过留声

奉献之歌

——记平昌县西兴小学校长唐朗荣

心中“装”着教师

1999 年 7 月 17 日，西兴小学在乡电影院召开校长公推公选大会，一些退休教师老早便从家里赶到政府大院等候公推公选结果。12 点 30 分，公推公选结果揭晓，前任校长唐朗荣以 98.1% 的得票率，独占鳌头。退休教师蒲咏权、覃鸿胜等激动得热泪盈眶，高兴地说出了他们的心里话：“唐朗荣关心教师，我们知道她能选上，今天我们就是特地来祝贺她的呀！”唐朗荣校长心中装着教师，大家心中有数。尤其对待退休教师，她经常嘘寒问暖，帮他们解决具体困难。温从辉老师的两外孙出车祸后，唐朗荣为了给温老师减少后顾之忧，在十分紧张的公用经费中拨出 1000 元支持他的两外孙就医，还号召全校师生献爱心，共收到捐款2873.80元。唐朗荣急教师所急，想教师所想。在她最困难的时候，心中仍然装着教师。1996年，唐朗荣患重病，花去医疗费用两万余元，政府为了减轻她过重的经济负担，给她拨医疗补助款1000元，让人意想不到的是，她竟主动让给当时正患甲状腺病的周玉玲老师200元，让给患心脏病的老教师庞佑甫老师300元。有人不解地问她，她说："他们比我更困难。"

"抠"出爱心

唐朗荣从小在农村长大，她深知教育落后将会严重制约农村经济发展，影响人民群众生活水平提高。她说："生活再拮据，我也要从工资里'抠'出一部分支持教育。"她是这样说的也是这样做的。在她的日记本上记录着一笔笔鲜为人知的捐款条目。近年来，她为西兴镇贫困儿童基金会捐款500元、为黄柳村小新建捐500元、为光明村小改建捐400元、为八一村小改建捐300元……一共捐款5823元。当人们称她是"捐款校长"时，她却笑着说："那算不了什么，我不过是为农村教育发展尽一点绵薄之力罢了。"在唐朗荣的带动下，西兴镇捐资助教蔚然成风，西兴小学连续十年来，学生入学率100%、巩固率100%。

学校像“磁场”

唐朗荣绝大部分时间是在深入班级听课中或在下村督查工作中度过的，她觉得和教师“泡”在一起是她最大的乐趣。她这位家庭“主妇”对家的照顾也实在太少了，丈夫和女儿十天半月都尝不到她煮的饭、炒的菜。由于工作，一家三口吃方便面将就的时候越来越多。不知多少次，买的菜由于没有及时炒来吃，烂了。今年 4 月，丈夫得了脊椎骨质增生病在县医院接受治疗，她才护理两天，便说服丈夫，自己又回到工作单位来了，学校就像磁场，深深地吸引着她。

近年来，在唐朗荣的带领下，西兴小学连续三年获县级校风示范学校，曾十五次获市、县级奖励。学校主研的《贫困地区中心校对村小教师培养方法及途径》实验，被列为市、县、校三级共管项目，一批青年教师在市、县级赛课中频频获奖，西小的教改已跨入市、县先进行列。一个个荣誉接踵而至，作为领班人，面对荣誉，唐朗荣却十分谦逊，她说：“我是西兴小学一分子，荣誉是属于大家的。”

注：唐朗荣，1997 年 8 月—2005 年 5 月，任西兴小学校长。

（该文发表于 2000 年《今日巴中》第 9 期）

李校长“以文治校”

新上任的李刊之校长在家长会上读文章，在教师会上读文章，在领导班子会上也读文章。老师们开头大多不理解，但久而久之，也就习惯了，偶尔不读文章的时候，倒反而有点想听他读文章的声音。

李校长读的文章不是顺便找的，而是颇具针对性。

为了启迪家长，他读文章。在一次家长会上，李校长读了一篇文章：《家有住校生，家长要怀“五颗星”》。这篇文章着重强调了学校、家庭、社会教育有机结合的重要性，又尤其强调了作为家有住校生的家长应该常怀“五颗星”：第一，家长要有信心；第二，家长要怀有一颗苦心；第三，家长要有耐心；第四，家长要细心；第五，家长要和学校一条心。文章最后强调，只有做好家校联动，在教育孩子的方式方法上统一思想，教育的效果才会事半功倍，住校生的成长才会更加轻松。家长们听了这篇文章，都很受启发。当场所有家长表态，他们今后坚决尊重学校老师的教育措施，认同学校的管理方法，与学校教育保持高度一致。

为了勉励师生，他读文章。为对全校师生进行感恩教育，在一次校会上，李校长读了《感恩是一种美德》这篇文章。这篇文章讲了一个故事，说美国某城市有位名叫史蒂文斯的先生，面对家庭重负，不得不重新找工作，可是他除了编程序，别无他长。当他看到报上一家软件公司招聘程序员，便满怀希望应聘。凭着过硬的专业知识，笔试轻松过关，可在面试中考官提出的问题主要是关于软件业未来的发展方向，这些问题，他从未认真思考过，因此应聘失败。史蒂文斯面对受挫不是抱怨，相反他感到颇有收获，还写信感谢这家公司为他提供笔试、面试的机会，使他获益匪浅。三个月后，公司出现空缺，总裁想到了品德高尚的史蒂文斯。十几年后，史蒂文斯凭着出色的业绩一直做到了副总裁。这家公司就是著名的微软公司。李校长讲这个故事的目的就是要告诉全体师生，人只要能以感恩的心态面对一切，即使遭遇失败，人生也会变得异常精彩。时时怀着一颗感恩的心，最大的受益者不是别人，而是自己。人只有懂得感恩，才会成为一个更健康、更完整、更完美的人。

李校长抽屉中有几本文章剪贴本，内容丰富多彩，他随时都能够从中找到他所需要的教育性极强的文章。曾经一段时间有班子成员出现了想为己谋私利的苗头，于是他就选择了《王震：不能靠我耍威风》这篇文章在班子会上读，以此对班子成员加强廉政警示教育。“中国梦”早已深入人心，可个别教师仍然按部就班，老气横秋，生活无激情，工作无起色，碌碌无为。李校长觉得没有理想，没有追求的人生就如同尸位素餐。面对如此情况，作为一校之长，他觉得必须把这部分教师对工作和生活的激情调动起来，让他们有理想、有追求、有抱负，重新焕发青春光彩。于是李校长在教师大会上读了一篇题为《莫让梦想老去》的文章，全体教师听后激情澎湃、深受启发。

李校长在会上读文章似乎成了条不成文的规定，偶尔不读文章，大家心里反倒有一种空落落的感觉。李校长读的文章中蕴藏着教书育人的真谛、渗透着为人处事的哲理、闪烁着人类智慧的光芒。他时常有针对性地选择文章读给家长听、读给老师听、读给学生听，让他们去感受、去领悟、去体会。事实证明，“以文治校”成了李校长“制度治校”“依法治校”之外的一种好的辅助治校方略。

注：李刊之，2014 年 9 月—2018 年 8 月，任西兴小学校长。

（该文于 2015 年 12 月 4 日发表于《巴中新报》）

在“锻炼”之外……

董世锋校长，每天早上准时跑操，老师们都以为他只是为了锻炼身体。后来才知道，并非仅仅如此。

董校长早上五点半起床，洗漱完毕，便到操场跑操。学校综合楼与教学楼对峙，站在操场上任何一个点位，都可以观察到教师的出勤情况。

早间管理，有教师迟到，有教师早退，更有甚者，根本不到岗。董校长在跑操的过程中，对这些情况了然于胸。

董校长天天早上跑操。曾有迟到、早退、漏岗缺位习惯的老师，有些胆怯了。他们心里清楚，这管理早间出勤，又多了一双眼睛盯着，他们不得不规矩起来。

当然，也有“老油条”，三棒敲不醒。他们无视学校规章制度，我行我素，不断触碰学校管理“红线”，以身试“纪”、试“规”。

这部分教师的心思，董校长摸透了。他先找这些老师谈心谈话。随后召集分管副校长、教导处成员组织他们学习《中小学教师职业道德规范》及学校相关条令、规定。然后，试着与他们一道进行学生安全风险评估，目的是让他们意识到班级“管理空档”潜在的巨大危害，拉回他们那颗还处在悬崖边的“心”。

一番语重心长、苦口婆心的规劝之后，仍一意孤行者，当然只有“亮剑”了，依据学校相关条令、规定对其处罚，将他们彻底“敲”醒。

如此教育一批、惩罚一批。半个月不到，学校教师迟到、早退、漏岗缺位现象，得到了有效遏制。学校教育教学质量也突飞猛进，每年教科体局组织的修业年级教育教学质量抽测和六年级教育教学质量监测均跃居片区和全县前列。

董校长说：“我跑操，表面上，是在锻炼身体，但实际上，我在锻炼身体的同时，也在监督各班教师到岗情况。早间管理，牵涉十多个班，哪些按时到岗、哪些迟到，谁又缺位了，我在跑的过程中还是心中有数。”“当然，我这样，并不是取消学校教导处与行政值周例行督查。其实，教导处与行政值周的例行督查还要加强。”董校长补充道。

下雨天，董校长便在学校综合楼四楼的走廊里跑操。到了早间管理时段，他就深入班级清点学生人数，查看教师到岗情况。

“原先学校教导处及行政值周督查教师到岗情况，效果不佳。董校长这一跑，相当于在校领导督查之外又给早间管理上了道保险，将早间管理的安全隐患降至为零，教育教学管理成本大大降低了，效果自然是狗撵鸭子——呱呱叫。”学校一位中层干部道出了一番心里话。

“我们钻不了空子，睡不成懒觉，但对董校长也没什么意见，因为只有这样严格管理，班上学生才安全，我们大家心里才踏实，学校教育教学质量也才能搞上去！”一位年轻教师深有感触地说。

“管理这门学问深奥，要掌握它，并熟练驾驭，不能一味蛮干，要开动脑筋、巧启智慧，这样，才更有利于我们各方面工作的开展。做好这门功课，我们必须俯下身子，下决心付出百倍甚至千倍的努力。”董校长意味深长地说。

注：董世锋，2018 年 8 月—2023 年 7 月，任西兴小学校长。

（该文于 2023 年 6 月 29 日发表于《教育文摘周报》）

有这样一位老人

有这样一位老人，他为了下一代健康成长，不遗余力地奉献余热，深受广大师生和人民群众爱戴，他就是平昌县西兴小学退休教师向有权老师。

向有权老师刚退休就投身“关工委”工作，由于他对工作充满激情，很快就被西兴镇党委、政府任命为西兴镇关心下一代工作委员会常务副主任，负责处理“关工委”日常工作。

向老师对事业的痴情与执着，令人感动。为了孩子，他三天两头往学校跑，积极配合教师摸清留守学生和特异体质学生的基本情况。针对孩子的成长规律、身心特点，定期联系学校，举办讲座，适时进行心理辅导，解决孩子心中的疑虑。就孩子最关心的问题经常提出来与大家一起讨论，找出解决问题的最佳途径，让缺少关爱的孩子能够无忧无虑地成长。据统计，近年来，向有权老师到学校举办心理辅导及各类知识讲座达二十余次。

向老师像个“小老孩”，经常和学生一起唱歌、跳舞，不管什么时候，他都能迅速地和孩子们融为一体。他有时摸摸这个孩子的头，拉拉那个孩子的手。无论哪个孩子都可以与他家长里短地聊一番。

当了解到有些孩子生活费紧缺后，他还经常搞点现场捐赠，五元、十元不等。学生李某，父亲早逝，母亲手脚残疾，行动极为不便，家庭经济十分困难。为了让这名孩子不辍学，向老师一次两百元、三百元地给他捐，还积极为他奔走呼吁，让更多爱心人士关心他、呵护他，如今这个孩子已读初二了。

为让更多的贫困学生顺利上学读书，2006 年，向有权老师协同爱人及社会人士成立了西兴镇爱心助学小组，退休人员岳景税、王廷周、向滋生等一些社会贤达纷纷加入进来。他们积极为贫困学生募捐。近几年，他们为贫困学生捐赠了九千余元现金和价值三千余元的学习用具和生活必需品，而向有权夫妇捐赠额就高达五千余元。胡阳洋、向丹、杨辉等就是在他们这个“爱心助学小组”的资助下顺利完成小学、初中、高中学业的。

为了让未成年人不受网吧毒害，向有权一方面配合学校班主任和任课老师向学生苦口婆心地讲未成年人进网吧的坏处；另一方面，登门与网吧老板理论，并宣传《中华人民共和国未成年人保护法》。通过他无数次动之以情、晓之以理的宣讲，辖区内的几个网吧老板终于心服口服，发誓绝不允许未成年人进网吧上网。

向有权老师随身携带的笔记本上，密密麻麻地记录着他了解到的一些特异学生的思想、学习、交友等情况。最令人称奇的是，不用翻笔记本，他就能随口说出一百多个孩子的名字。

他乐于与当地群众打成一片，经常抽空深入基层一线，虚心听取他们对学校工作的意见或建议，并将收集到的意见或建议加以梳理，及时反馈给学校支部、行政。他不知多少次解除了部分家长和教师之间的隔阂，为家校教育的有机结合起到了很好的桥梁作用。他的这一做法很受学校党支部、行政赏识。近年来，他提出或收集整理的十余条建议得到了学校采纳，收到了良好的效果。

“我虽然退休了，但我永远都是一名教师，对教育、对学生的热爱是我与生俱来的天性，我这辈子注定和教育在一起、和可爱的孩子们在一起。‘关工委工作’虽然辛苦，但我从中获得了幸福快乐！”向有权老师动情地说。

今年五月份西兴镇第二届关工委换届后，为使村级关工委办公室规范化，向有权老师捐赠了一千六百三十五元定做了六十个镜框，按要求将各村新领导班子成员名单、工作制度、学习制度、调研制度、财务制度等一一装裱上墙。

一个心中时刻装着人民的人，党和政府也一定不会忘记他。

2009年7月1日，向有权老师被平昌县委表彰为“优秀共产党员”；2011年，他被平昌县关心下一代工作委员会评为“先进个人”；2012年，在西兴镇“创先争优”活动中，他是唯一一个被评为“优秀共产党员”的人；2013年向有权老师被评为“巴中市道德模范”“四川好人”，并成为“中国好人”候选人。

向有权老师的先进事迹先后被平昌教育网、平昌传媒网、平昌政务网、巴中传媒网、四川教育网、四川文明网、中国未成年人网、中国文明网等各大媒体宣传报道。

向有权老师对下一代的关爱如同冬天里的一盆火，那团熊熊燃烧的火焰，时刻温暖着人们的心。

（此文于2012年发表于四川教育网、四川文明网、中国未成年人网、中国文明网等网站）

谢宝驹老师

谢宝驹老师，出生于平昌县西兴镇马鞍山下谢家大院，其父是原西兴初级中学英语高级教师谢剑阳（新中国成立前毕业于国民党陆军军事学院，曾为县政协委员、人大代表）。宝驹兄幼小家贫，姊妹较多，仅读至小学四年级，便辍学在家，随母务农。

二十世纪八十年代初，宝驹因在众多姊妹中文化最高，顶了父亲的班，从此步入教育行列。一个仅仅读过小学四年级的顶班人员，字都认不到几个，何谈掌握多少知识，又如何去教学生？这种情况，一般人会选择工勤岗，到学校从事油印或食堂炊事方面的工作。可是，他与众不同，因为他的骨子里打小就流淌着一股不服输的倔劲。参加工作后，为不误人子弟，他铆足了劲，下足了功夫，凭着一股钻劲和虚心好学的精神，开始自学小学五、六年级课程及初中全部课程。礼拜天和节假日是他最好的充电时光。

他不懂就问，并且打破砂锅问到底。学校的老师，无论年轻的还是年长的都是他的“先生”。他随时深入班级听课，虚心接受同行们的指点。在主动向同行学习各科知识的同时，还学习他们先进的教育教学方法。如果“先生”们也不甚清楚，他便千方百计抽时间到附近的西兴中学图书室寻求答案。特别是在平昌师范进修期间，他抓住一切机会，不给问题让道，不让疑难过夜，不向困难低头，使自身变得越来越优秀。功夫不负苦心人，不出六年，他就能够胜任小学六年级语文、品德科目的教育教学任务，更令人意想不到的是，他任教的科目在县教育局组织的六年级教学质量监测中，成绩名列学区同年级前茅。任教首届六年级质量一炮走红，在西兴小学无异于石破天惊，连一些科班出身的专业教师都开始对他刮目相看，学校领导也给他压担子，从那以后他又连续教多届毕业班，均取得了不俗的成绩。谢宝驹老师成了西兴教育人心中的一匹名副其实的“宝马”，以他独有的风姿驰骋于小学教育这片热土。

如果说知识的储备和教育教学方法的积累给了他踏入教学之路足够的勇气和信心，那么，他对学生的仁爱和采取适宜的教育教学方法让他的教学之路更是顺风顺水。谢老师特别关心学生，凡是在学习生活上有困难的学生，他都愿意伸出援助之手，他经常将自家孩子的半新旧衣服送给班上家庭经济特别困难的学生，交不起学费的学生他也经常自己掏腰包，还时常给困难学生购买文具。在二十世

纪八九十年代，他月工资几十元，家里三个子女读书，繁重的支出使家庭经济捉襟见肘、入不敷出。为这，偶尔也会招来妻子的指责和埋怨。可他我行我素、一意孤行。因为他早已把学生当成自己的孩子，不分彼此。他从不体罚或变相体罚学生，在教育的方式方法上他采取循循善诱，因材施教、因人施教的方法。他深信教育之路千万条，唯有适合之路才最好。如果教法失策，他便会开动脑筋，静下心来，扎实分析存在问题的原因，力求寻觅解决问题的最佳途径，直到达到让学生接受这一终极目的，一条道走到黑不是他的风格。几十年来，他从没因教育方法出现问题与家长扯过皮、闹过矛盾。“如果一个老师在教育的过程中，让学生走到自己的对立面，说明他这个老师在教育上很失败。”这是谢宝驹老师常挂在嘴边的一句口头禅。他因在教育教学上取得了突出成绩，曾多次受到学校和上级部门表彰。

胸怀一颗慈善之心的谢宝驹老师，退休后，拿出微薄的薪水投入社会公益事业，受到社会各界广泛赞誉。

为了让镇敬老院老人们开开心心地度过春节，2019年、2020年春节，他大老远从成都赶回给孤寡老人们拜年，还将大大的红包送给每位老人。这一举动，让不少老人热泪盈眶，老人们无不竖起大拇指夸赞他，都说他亲老敬老。

为改善马鞍村小的办公条件，2016年至2018年，他从退休工资中节约出的万余元，捐赠给马鞍村校，村校用这笔资金添置了办公桌椅及饮水机等设施设备，另外他还拿出资金三千余元给马鞍村校教师办公室吊了顶、贴了地板砖。2017年至2019年，他捐赠近万元，给光明村校、马鞍村校学生购买学习用品或教辅资料等。2018年，捐赠八千余元，资助了中心校三十余名贫困学生。家长们发自内心深处感激他。社会各界人士也是好评如潮。

“我不是钱多，用不完。说句掏心窝的话，这些年，我的几个子女正处在创业起步阶段，他们十分需要资金。我也不是大脑有病拿钱去显摆，在乡里乡亲面前装洋盘、刷存在感。我退休后长期住大城市，但我永远不会忘记自己是穷苦人家出身的孩子。不管我走多远，我的根在农村，从小到大，我深深地懂得贫穷对一名农村孩子的成长有着多么大的影响。2014 年以来，中国大地脱贫攻坚战轰轰烈烈、如火如荼，全国上下形势一片大好，各行业人士积极地投入到声势浩大的脱贫攻坚洪流中，大家都义不容辞地为国家的脱贫攻坚做贡献。我作为一名退休多年的教育工作者，绝不能袖手旁观，置身事外。我必须趁此机会为家乡的脱贫攻坚搭把力、使点劲，好让那些农村贫困家庭尽快走出困境，让那些贫困家庭的孩子走出阴霾，健康成长，快乐地学习生活。”这是谢宝驹老师的一番肺腑之言。

这就是农民出身的谢宝驹老师，一个当年起始学历仅小学四年级的顶班教师。没想到多年以后，他的人生境界竟能淬砺到如此程度，不得不令人佩服。毫不隐讳地讲，那些出身更好、学识更高的所谓的谦谦君子未必能达到这个高度。

（2022 年发表于《巴中文学》第 3 期）

校外安全监督员

一提起平昌县西兴镇八一村火盆寨村民彭杰元，人们无不竖起大拇指，称他是校外安全监督员，学生生命的守护神。

离西兴小学大约一公里处的地方有个大湾堰塘，那是周边学校一处安全隐患所在。一到夏天，便会有学生到那里洗澡。尽管学校严厉禁止，但总有一些学生不听话，在星期六、星期天或上学、放学时，偷偷摸摸跑到那里去洗澡。

彭杰元住在堰塘上方的不远处，他站在家门口可以对整个堰塘进行“扫描”，他房屋下边那条大道，是火盆寨及周边两社学生的必经之路。

在上学和放学时，彭杰元对堰塘处的动静格外留神，一旦发现学生“越轨”，他便毫不犹豫地冲到堰塘边，大声呵斥、严厉制止，并随即打电话通知学校领导、班主任或学生家长及时对学生加强安全教育。他多次深入学校与领导、班主任一起商讨这一安全隐患的消除大计。

下雨天，泥稀路烂，学生在塘埂上，稍有不慎就会掉进堰塘。为防止学生发生意外，一遇下雨，他就到塘埂上义务护送学生。

有一次，突降暴雨，他为帮助一名低年级学生过塘埂，全身上下被淋湿了，为这，他患上了重感冒，发高烧、流鼻涕、咳嗽不止，卧病在床十多天，打针吃药，费用花了好几百元。

妻子极不情愿地说："不晓得这一天一天图的个啥哟，自己身体搞垮了不说，还把我搭进去，家里农活也搞不成。""亲爱的，每个孩子都是父母的心头肉，哪个家庭都怕孩子出意外，我们住在这里，帮乡里乡亲多留心照看一下孩子，也不是什么大事。农活不急，等身体恢复后，慢慢来嘛，至于你，我只有慢慢弥补，好吗？"一番朴实的话语，使得妻子深受感动，她再也找不出不支持他的理由来。

附近的乡亲，了解到彭杰元冒雨护送学生卧床不起的情况后，很感动。他们相互邀约，准备称点水果，带上自家的土鸡蛋，到山上去探望，想表达一下对他的感激之情，可彭杰元总以在外为由婉言谢绝。

三十多年来，彭杰元抱着这样一种朴实无华的想法，曾三次成功救出落水儿童。被他护送过的学生难以计数。大湾堰塘，历来被人们视为最大的一处学生安全隐患所在，

是学校、家庭的一块“心病”。由于有了彭杰元长期以来的无私奉献，几十年来，这个地方从未发生过学生溺水死亡事件。

就这样，彭杰元几十年如一日，为乡亲们的孩子，间接也为学校的安全工作付出了许多许多。他不愧是一名合格的校外安全监督员，一名受学生和家长爱戴的生命守护神。

（2012 年 6 月 13 日发表于四川教育网）

让 座

“喂，喂，哪位给抱孩子的大姐让个座位哈！”公交车司机在提醒。这时，一位七八岁的小朋友站了起来，并且有礼貌地边招呼边伸手去拉那位中年妇女，说：“阿姨，来这里坐。”那位中年妇女连忙道谢：“谢谢你。”我拉这位小朋友和我一起搭伙坐，他却极不情愿地说：“不，这样把你挤着了。”我说：“没事，来吧。”但他还是执意不肯。

“小朋友，你今年读几年级呢？”他说他读二年级，我又问：“你爸妈在干什么工作？”他说：“爸爸在东莞打工，妈妈死了，快两年多了。”说这话时，小孩子声音低沉，带着哭腔，用手抹着眼泪。他还告诉我，他现在跟着爷爷婆婆住在城西，租的房子，他们家享受低保，学校老师同学都很关心他。“你看，这是老师今天给我买的新衣服。”说着，他把手里提的口袋拿到我面前晃了晃，里面装着一件衣服，还有一个笔记本。笔记本的扉页上写道：“家庭贫穷

不能成为阻挡你前进的理由，愿小强在逆境中变得更加坚强，美好的明天一定属于你！”

“昨晚，‘金’准扶贫的袁叔叔也到家里来看我们。”我把他搂在怀里，笑着矫正道：“小朋友，是‘精’准扶贫不是‘金’准扶贫。”他很难为情地说：“我是听爷爷奶奶说的，说错了，不好意思。”小嘴嘟哝着，脑袋一摆一摆的，显得既调皮又可爱。“袁叔叔昨天晚上给我们家提来好大一桶香油。”他边说边用手比画，逗得我和邻近的乘客都禁不住“嘿嘿”直笑。“小朋友要实事求是呀，店里哪里卖那么大桶的油哟。”小强一边摇头一边无可奈何地说：“你们不信就算了。”为了不扫他的兴，我连忙说：“对，你比画得对。袁叔叔来你们家几次了？”他一边努力回忆，一边扳着手指数：“一次，两次……哦，一共有八次了。”

孩子做出一副若有所思状，然后，慢条斯理地说：“我爸爸身体要是再好点，我们的日子就会好些。”我诧异了，连忙问道：“你爸爸得了病？”他把头埋得低低的，从孩子的叙述中，我了解到，他爸爸患的是支气管炎，常年吃药，干不了重活，在外面当保安，已经有好几年了，一个月挣不了几个钱，吃药和生活开支除去基本上就没有剩的了，爷爷七十几都还在街上找些零工做。二十多分钟很快就过去了，物资局公交站台马上就到，小孩子就要下车了。我站起来，毫不犹豫地掏出兜内仅有的两百元钱交给他，并表示抽时间到他家去看他。这时车内的乘客也自发地行动起来，三元、五元不等地给小孩子捐款。刚才那位抱着孩子的大姐也搁了二十元钱到孩子手上。小孩子满眼泪花，不停地说：“谢谢你们！谢谢你们！”小孩子揣着一车人浓浓的爱意下车了，一步三回头，直到消失在我们的视野中。

（2016 年 10 月 31 日发表于《巴中晚报》）

一双旧袜子

在县城买了房子后，我放假都在县城的新房子住。那次，我从县上回去，邻居家的小男孩看见我老远就飞一般地向我跑过来，这一异常举动使我顿生疑窦，是找我算账的吗？可我没有做对不住他们家的事呀。我脑海里像放电影一样把前几天我的所作所为回放了一遍。哟，我想起来了，他妈妈是我所在街道的清洁工，难道是我那天因为没有将垃圾袋扔进垃圾池里，于是兴师问罪来了？正当我百思不得其解时，小男孩已经跑到了我的面前，气喘吁吁地说："叔……叔，这……这是你家的袜……袜子吗？"哟，我以为说啥稀奇事呢，原来是我扔掉的那袋垃圾里面的一双旧袜子。碍于面子，我不想认回那双早被扔出去的旧袜子，于是支支吾吾地说："不……不是呀？你还是去问问其他住家户吧。""我这……这几天把我们这……这一条街道的叔叔阿姨都……都问过了，他们都说不……不是的。”“那就算了吧，这不过是一双旧袜子。”我继续有气无力地说道。“不，不，妈妈说我们一定要找到这双旧袜子的主人。”

唉，为了一双旧袜子，何至于呢，他妈妈对工作也太负责了，我心里在默默地想，也在不断地反思，今后再忙甩垃圾一定不要太草率了，垃圾入池这是常识，今后再这样，说不定小孩他妈真的要“报警”了。我心里很不是滋味，为自己一时的疏忽而自责，为自己内心的不诚实而后悔。

我掏出钥匙打开房门迅速用冷水洗了一把脸，想让自己彻底清醒清醒。这时，我透过窗户看到不少的街坊邻居

正围在一起议论纷纷。“不知是哪家，也太大意了，把钱藏在这一双旧袜子里，这一条街的我们都问过了，都说这双袜子不是他们的。看来，我得把这袜子里藏的钱交到派出所去了。现在学校教育就是好，我幺娃儿昨天就跟我说了，要是真的找不到失主的话，我们就将这一笔钱交到派出所去。他怕我据为己有，还和我拉钩，说一百年不变呢。”邻居张姐那熟悉的声音扎进我的耳朵，我的脑袋“嗡”的一下懵了，“扑通”一下呆呆地坐在沙发上，眼睛愣愣地盯着天花板。为了在妻子生日那天给她个惊喜，这可是我大半年来靠瞒天过海藏的一点私房钱呀！两千块，整整两千块呀，我是藏在那里准备给妻子买条项链的呀！我这人一不小心，居然把这笔钱连同旧袜子一起当垃圾扔了。

我实在是坐不住了，一下子从沙发上蹦起来，“笃笃笃”地冲下楼去，“喂，喂，喂，张姐，那双旧袜子是我前几天扔的，那双旧袜子是我前几天扔的……”“那钱不需要你再交到派出所去了哟！”在场的乡里乡亲对着张姐边说边笑。此时此刻，我羞得面红耳赤，真想找个地缝钻进去。

（2015 年 6 月 4 日发表于《巴中日报》）

那道靓丽的课外活动风景线

“砍呀，砍呀”“扯短手杆，扯短手杆呀”“该我了，该我了”……乒乓球台前的加油声，呼喊声，几个低年级学生不懂规矩争抢打乒乓球轮次的吵闹声，和着执勤的少先队员维持纪律的呵斥声响成一片。这是平昌县西兴小学今期课外活动开展中的一个缩影。

近年来，由于受“5·12”汶川地震的严重影响，西兴小学校舍全部沦为危房，学校的教学楼、宿舍楼、办公大楼、学生膳食中心全部重新修建。在建设校园过程中，学生运动场所被建筑材料堆码，一些体育活动受设备、场地等影响无法正常开展。

近期，学校建设竣工了，活动场地规范了，学生又有了“上九天揽月，下五洋捉鳖”的气势，一个个生龙活虎，那种被压抑的心情终于得到了无拘无束地释放。同学们参与的积极性真令人羡慕、感动。那种天真无邪，淳朴好动，还有蓬勃的朝气在课外活动中一览无余。球场上、跑道边、练功房、音乐、美术室里无处不见他们活泼靓丽、激情四射的身影，这难道不是一道靓丽的课外活动风景线吗？

（2011 年 9 月 18 日发表于《巴中广播电视报》）

峥嵘岁月

借 书

少时，购书显得奢侈。平时看连环画或故事书的就成为众多同学的课余爱好。我也如此，甚至格外珍惜借到的书，回到家中，便把借到的图书放到里屋床头的小抽屉里，然后再找块破布覆盖在上面，生怕被人发现，现在想起来，真还显得有点小题大作。

古人云，书非借不能读也。确实借的书读起来特别认真，有时回家一边放牛，一边品读，自己往往在享受阅读带来的快乐的同时，也不知不觉地给牛赋予了“自由”的权利，常常是牛都顺坡下了河，自己却还在半山腰。每每这时，我又会一阵风似的往河边跑去，那时，我身上好像总是憋着一股劲，使不完，用不尽。这种执着、痴迷，有时也会付出沉重的代价。同样是放牛，那是一个礼拜天，春日的阳光照在身上，舒服极了，我一边放牛一边看着刚从好伙伴那里借来的名著《水浒传》，武松为了给哥哥武大

郎报仇血溅狮子楼这一精彩片段深深地吸引着我。动情之处，我不自觉地不停叫好，似乎周身的热血都在往上涌。突然，腰部被一个什么东西敲打着，我扭头一看，原来是母亲，她手中捏着一根又细又长的黄荆条子在抽打我。我猛然醒悟，自己准是一心二用，又捅了娄子，惹了麻烦。“你太不像话了，牛都把你二叔家的麦苗吃光了，你都不晓得，看书止饿吗？今天不打死你数你是豪杰！”我气冲斗牛，一下冲过去想猛踢牛两脚，出出心中的怨气。哪里知道，我没有把牛踢着，牛却反过来一蹄，正好踢在了我右膝盖上，这下把我疼得一手抱住脚瘫坐在地上，还不停地逞能吼叫：“该死的牛，该死的牛！”母亲见状，连忙跑过来，把我抱在怀里，嘴里不停地说“让我看看”，语气也变得柔和起来。她见我的膝盖处被牛踢乌了好大一块，于是，一边不停地用嘴给我的受伤处呵气，一边骂牛："把我幺儿踢成这样，回去再好好收拾你！来，妈妈背你回家给你用热毛巾给你敷。"

以后的两三天里，妈妈硬是天天不停地用热毛巾给我敷，肿终于消了，疼痛也减轻了，我为我的鲁莽深深地后悔。

这次放牛看书着迷让二叔的麦苗蒙受到了损失，为此，父亲专门托人买了几斤尿素，给二叔受损的麦苗施了肥。同时我自己也受伤了，虽无大碍，但也在家也养了好几天，也耽搁了课程。这次教训深深地烙在了我的记忆里。

如今，学校图书已有好几万册，借书之难、借书之苦已成历史。可是，今昔相比，同样是"借"读，总觉得再也找不到从前那种读书的"味道"和感觉了。图书多了，读起来反倒没有以前认真、痴迷了。当然，这也许是我的错觉。

（2016 年 9 月 18 日发表于《巴中日报》）

记忆中的鱼

那年八月，雨水很多，稻谷收割迟迟不能结束。

那天，天刚蒙蒙亮，母亲、堂嫂、春侄儿、云开大叔到弯大田收割稻谷。大概是一九七六、一九七七年，那时，我才几岁。见母亲出门干活了，我一骨碌爬起来，缠着母亲一起去，母亲拗不过，只好依我。

到了弯大田，他们忙乎开了，我便在田埂上“跑操”，一会儿从田这一头跑到那一头，一会儿又从那一头跑到这一头，不小心摔倒了，又爬起来，丝毫不觉得疼痛。母亲边割谷子边监视我，偶尔凶我几句：“狂嘛，滚到水田里，老子就要打你！”听了母亲的话，我慢慢消停下来，缩在僻静处，耍水尽欢。“啪啪”“啪啪”……离我不远处，有个什么东西在炫耀身份。我一看，“哦，是鱼！”陡然间，我的兴致上来了，把母亲的训斥抛到了九霄云外。不管三七二十一，挽起裤管，下田捉鱼。母亲看见了，“嗖”的一声，丢下谷把子，向我飞奔而来。我见母亲冲来，急忙上坎开溜。我哪里跑得赢母亲，没几步，她便撵上了，捶得我“哇哇”大叫。此刻，那家伙又不安分，把水弄得直响。这下，它可“救”了我。母亲松开我，一个箭步蹿下田，一下把鱼揪住，然后用根黄荆条子从鱼的腮部穿进去，再从嘴里扯出来，捆好后把它放到田埂旁的水凼里。

弯大田近两亩，呈月牙形。他们四个并成一排，一起割进去，再割出来，又割进去，再割出来……就这样周而复始。田里的稻子在他们手里变戏法似的，不大会儿，谷把子就铺遍了大半个田。胜利在望，估计太阳出来前就会完成任务。

我挨了打，坐在田埂上，再也不跑了，也不敢下田捞鱼。此时，水凼里的鱼和我特别亲，我目不转睛地盯着它，仿佛要从它身上找出秘密来。实在闲不住，便捡根长稻草，戳戳它的背，戳戳它的嘴巴，在它身上寻乐子。黄荆条子像紧箍咒，把它牢牢地箍在水凼里，哪怕它蹦再高，也逃不了，我暗自佩服母亲的驭鱼之术。

母亲在田里说，刚才捉的那条鱼，有半斤多，她还让堂嫂把鱼拿走弄碗汤喝。我不高兴了，是我发现的，凭什么交给她，并且为这鱼，我还挨了打呢。想着想着，趁妈没注意的时候，我悄悄地将那条鱼提回家了。

回家后，我一蹦三尺高。庆幸鱼没有被旁人拿去，我又可以喝到母亲制作的鲜美的鱼汤了。我往脸盆里舀了几瓢水，然后将鱼放进去，鱼一蹦，便掉到地板上。我又把它捡起来放进去，脸盆太小，我怕它又蹦出来，于是，找了个大的瓢瓜把脸盆盖住。还是那根黄荆条子“套”得好，否则，我也无可奈何。一切收拾停当，我便到地坝边玩耍去了。

“景春，鱼呢！”母亲刚到地坝边，便问我，我默不吭声。母亲笑着说：“那条鱼给罗嫂，她这几天心火重，这条鱼正好败败火。下次捉的鱼，我给你熬鱼汤，幺儿乖！”我很不高兴，说：“我要吃！”可母亲的话，不敢不听，于是，我气冲冲地到灶屋去提鱼。一到灶屋，我傻眼了，瓢瓜仰面朝天，地面上洒满了水，那根黄荆条子孤零零地在地板上躺着。我急得大哭：“妈妈，鱼不见了！”母亲、堂嫂、云开大叔、春侄儿听到喊声，赶忙跑进灶屋。一看现场，大家都明白了，是隔壁堂哥家的大花猫把鱼叼走了。母亲没有再说什么，只是发出一声长长的叹息。我“呜呜呜”地哭起来。堂嫂、云开大叔、春侄儿都来安慰我。

这件事过去几十年了，我仍然记忆犹新。如今，看到席桌上整条鱼剩着，被倒进潲水桶，我心里就如同翻江倒海般难受。

（2021 年 8 月 28 日发表于《巴中日报》）

音 符

那时，我读小学三年级，同班同学中，家离学校特别远的较多，比如我。为了下午不迟到，早上上学时，我们便将中午饭带到学校。

那是二十世纪七十年代末，正值“水统旱包”，农民们刚越过“一喝一条槽，一吹几个泡”的坎，正昂首阔步地向温饱之门跃进。同学们一般都带些菜干饭、苕干饭、麦面荞面馍馍什么的，对付中午这一顿。

中午，老师们回家吃饭，学校成了我们这帮“兔崽子”的天下。一放学，我们就忙乎开了，捡柴的、热饭的，像事先分好工似的各司其职，谁也不闲着。那操场边，临时垒起的简易锅灶旁，被弄得乌烟瘴气。热饭的小不点被呛得掉眼泪，脸熏得花花的，在场的小伙伴时常捧腹大笑。辛苦也罢，脏乱也罢，大家也不在乎。毕竟，不用跋涉山路便可吃到热气腾腾的饭菜，何乐而不为？

十多年后，命运之神将我定格在三尺讲台，学生在村小摸爬滚打的那些艰苦岁月里，一些离家较远的“毛毛虫”曾和我共眠、共餐。我这个集校长、教师、炊事员于一身的角儿，不但经常主动给那些带午饭的学生提供热饭服务，还利用课余时间在学校附近开垦了一块荒地，种上了各种各样的蔬菜，无偿地给学生提供热菜汤。看着那些小不点有滋有味地吃着热气腾腾的饭、喝着热气腾腾的汤，我心里自然而然地涌动着一种说不出的快乐，我也由衷地体会到自身的价值，从骨子深处感到虽累犹乐、虽苦犹甜。

后来，我调至中心校，和学生一起进餐的时间减少了。当年村下的那些孩子给我带来的欢乐，成了我生活中最美

好最甜蜜的回忆。

现在的学生幸运极了，大家的生活条件普遍好转，家庭贫穷者可以享受国家诸多的优惠政策，比如义务教育阶段的学生可以享受“三免一补”政策，以及营养餐“4+2”模式等，大学生可以享受“生源地信用助学贷款”等，再也不存在读书困难了。一个个学生无忧无虑，坐在窗明几净的教室里学习知识。看到孩子们如此喜气洋洋，充满青春活力，我默默地想，这日子真是芝麻开花节节高啊！

只有在中国共产党的正确领导下，这些祖国的花朵、民族的希望才能享受到甘霖的滋润，才会沐浴到如此美好的春光。更令人振臂欢呼的是，在盛世年景里，这仅仅是伟大祖国构建和谐社会的一个小小音符啊！

（2021年9月2日发表于《巴中广播电视报》）

情系万寿村

时值暮春，我们来到恩阳区观音井镇万寿村采风。初来乍到，一切都感到新奇。民房齐展展的一个模式，黄泥巴和谷糠壳壳粉刷的墙壁，依旧耐看。街沿和地坝，是由那种没有经过打磨的方形石板拼组而成，给人的感觉很踏实。花花草草恣意生长，不加修饰，颇具个性。

接待我们的是郑书记，他年逾花甲，但精神矍铄，一袭中山装，背略微显驼，讲话慢条斯理，思路很清晰。他很健谈，从进村口，绕道万寿湖，到张家大院，到月亮湾广场，一路神采飞扬，自豪之情，溢于言表。谈起万寿村的巨大变化，他声音陡地提高了八度。毋庸置疑，眼前的巨变，是支部、村委的正确决策。当然，这位老支书的运筹帷幄也至关重要。我们了解到，一位在外发展的老乡，如今赚了个钵满盆溢。他看到家乡有发展前景，竟然自愿投资近亿元，改造万寿湖、建万寿烧酒厂、开特色农家乐。

如今，前景看好，一片光明。

一路上，万寿湖的鱼蹦起老高，竟然勾起了我们一行人的欲望，有几位文友捞脚扎裤，想一试身手，结果，竹篮打水一场空，惹得在场一群人笑声不断。水里的鱼，哪里有那么好捉，扑棱棱，给你亮个身子，一转瞬，就不知蹿到哪里去了，正所谓鱼逗痴汉。湖面上，几艘游艇，箭一样来往穿梭。艇上的游客，有的头发飞舞，有的衣袂飘飘，还不断比着“耶”的手势。

湖边，花台内的木槿树，长得很精神，格外扎眼，露珠还挂在上面，晶莹透亮，闪闪发光。金菊，脸圆圆的，大大的，一簇紧挨着一簇，格外惹人注目。沿路，相机“啪啪”直响，手机“咔咔”不停，文朋诗友，谁也不闲着，纷纷占领制高点，都想把最好的春光，一揽入怀。花台里的玫瑰，生怕受冷落，搔首弄姿，风情万种，成为大家追捧的焦点。这里到处都是“玫瑰王”，大朵大朵的，五彩斑斓，弄得游客头晕眼花，不知亲近、迷恋哪朵最好。随行的摄影爱好者，目光格外敏锐，总能找到心仪的对象，还不时靠近，嗅嗅花香，拨弄花瓣，兴头上，来几张镜头特写，发在朋友圈，让它飘香天涯海角。

步入张家大院，那些古色古香的建筑、家什，让人认识到先人们的无穷智慧。二楼的“百忍家风”文化系列展览，更是深深地吸引着我们。走廊两面的墙壁上，悬挂着“百忍家风”宣传画。其中一幅深深地吸引着我，“南邑李宅祖上忍，忍得他孙中解元，冀州曹氏祖上忍，忍出父子两孝廉”。个中典故，透露“忍”之真谛。人一生难免有羁绊、磕碰，不顺心之事。正所谓，忍一时风平浪静，退一步海阔天空。小不忍则乱大谋，历史上不乏事例。张家大院的“百忍家风”，告诫后人，警示来者，用意深沉，不言而喻。

不经意间，我们一行来到了月亮湾广场。宽阔的草坪上，一帮俊男靓女，烧烤着自带的红苕、土豆等食物，欢声笑语响彻月亮湾的上空。这里属于年轻人，我们谁也不愿意去搅了他们的雅兴，这里就留给他们吧！我们朝下一站走。

一路谈笑风生，郑书记告诉我们，万寿村，有一千六百多位村民，以往全村90%的青壮年劳动力都外出赚钱，如今，不少外出务工的村民纷纷回家发展，做农家乐、到万寿烧酒厂做工，抑或加盟搞草莓种植、家庭养殖……紧紧拽住旅游产业发展这棵摇钱树，万寿村民的腰包，已经鼓起来了。

郑书记谈话的兴致越来越高，我们的信心也越来越足。我们深信，昔日贫穷落后的万寿村，在党的英明政策护佑下，一定会前途无量。衷心祝愿万寿村，未来越来越好！

（2019年发表于《巴中文学》第2期）

家乡的龙嘴石

在我家老屋右侧的山坡上，有块硕大的石头，状如龙嘴，人们谓之曰龙嘴石。

龙嘴石是家乡人眼里的风水石，家乡人的日子过得殷实、红火，那是托“龙嘴石”的福，是龙嘴石在庇护着他们。

家乡，人杰地灵。清朝时出过两位秀才；民国时期出过两位地方官：一位区长，一位乡长，他们被乡亲们作为向外夸耀的资本。新中国成立后，不少学子走出山门，有的考上了中专，有的考上了大学，乡里第一个考上重点大学的学生童娃就出生在这里。曾记得，那是1980年，童娃考上了四川大学。为庆贺金榜题名，村支书、村主任拍板，放了两个通宵的电影。村里村外的，十里八里远的乡亲欢天喜地地从四面八方聚拢来，一睹“文曲星”的风采。老家出了这样的人才，无人不叹服，都称赞龙嘴石是块宝石。

按习俗，哪家有好事，都要去祭拜。童娃考上名牌大学，当然更应该去拜龙嘴石。那天，童娃在父母的敦促下，端着酒，提着金黄色的腊肉，小心翼翼地来到龙嘴石下烧香、磕头、透出十二分的虔诚。那娃也聪慧，跪在龙嘴石下，念念有词，祈求保佑，这让父母心里格外高兴。心诚则灵，四年后，童娃大学毕业，考上了研究生，之后又攻读博士、博士后，又到外国留学，学业可谓一帆风顺。哪怕点滴进步童娃都忘不了告诉父母，童娃的父母为有这样一位孝顺懂事、知恩图报的儿子感到无比欣慰和自豪。

童娃学成归国，不到一月，山里发生了一件不幸的事。在一场暴风雨中，山体滑坡，龙嘴石滚到峡谷里去了。山里人不知所措，每家每户都很伤心，数童娃的父母最伤心，他们的孩子走到这一步不容易啊！他们不敢将这噩耗告诉儿子，怕影响他，怕他受不了这沉重的打击。

一个下午，有人通知童娃的父母第二天早上 8 点 30 分到乡邮电所接电话，说是从北京打回来的。这可把童娃的父母吓了一跳，该不会有什么意外吧？

那天晚上，夫妻俩辗转难眠，一闭眼，脑海中便出现一个个不祥的镜头。第二天天没亮，两口子便打着电筒迫不及待地往邮电所赶。一路上，东猜西猜，否定了肯定，肯定了又否定。刚走到邮电所，童娃的父母耐不住性子，问："同志，电话打回来了吗？""没有，离约定时间还有半个小时呢。"半个小时对童娃的父母来讲太长了。等啊，等啊，电话终于响了，一次，两次……邮电所的同志不耐烦了：“接呀，愣着干什么？”这时童娃的父母才缓过神来。丈夫叫妻子接，妻子叫丈夫接，推来推去，电话响了七八次。邮电所的同志干脆把话筒拿起来：“爸爸，妈，你们好吗？”童娃妈一下抢过话筒，“我们好，好着呢！”“前几天，一位朋友告诉我，龙嘴石摔峡谷里去了，我怕你们担心，专门打电话回来安慰你们。说实话，读初中时，我就明白，世间没有鬼神！没有风水石！龙嘴石是块石头，它能帮什么呢？我能攀到如此高峰，完全是自己努力。当初考大学，我是为了让你们心里踏实，佯装跪拜。因为当时我觉得要说服你们这些上了年纪，思想又封建守旧的人，确实困难，说不准还会招来严厉的指责和谩骂，毕竟龙嘴石一直是你们的精神寄托啊！如今，我功成名就，可以告诉你们了，山里闭塞，条件艰苦，学子们千方百计苦读，是为了彻底摆脱困境，走出山门发展。山里的人才，无论过去还是现在，都是靠自己，哪里是占什么风水的光呢？”不知怎的，听了儿子的一番话，夫妻二人轻松多了，踏实多了。末了，夫妻俩对童娃还是像对待孩子一样千叮咛、万嘱咐。

不久，童娃凭借自己的本事开了家大公司，年收入上亿元，成了国家鼎鼎有名的纳税大户，报纸登、电台播，风光无限。为孝敬父母，他把他们接到北京安度晚年，日子滋润着呢！

山里人渐渐淡忘了龙嘴石，山里人的生活又恢复了往日的平静。

如今，走出山门的打工仔、打工妹，赚回了不少的钱，家家盖洋房、购彩电，再也没有人提起龙嘴石了。

（2008 年发表于《平昌文艺》第 3 期）

爱一个不喜欢的人

大哥出生在二十世纪五十年代，因人帅，又有文艺细胞，所以成了当时大队文艺宣传队的顶梁柱，被一批年轻貌美的姑娘追捧着，令不少男同胞羡慕又嫉妒。

被誉为“队花”的珍，大胆向大哥示爱，经常给他洗衣服；排戏时，不顾众人那火辣辣的目光，用手娟给他擦拭额头上的汗珠，也为他那精彩到位的表演鼓掌。大哥也不是榆木疙瘩，日久天长，对珍也产生了深深的爱慕之情。正当大哥向父母禀明他与珍的真爱，欲订百年之好时，父亲的话如晴天霹雳：“景万，你也大了。大姨的女子明玉，你们从小一起长大，她人也长得好，心地善良，制鞋做衣，泡茶煮饭也不错。我们两家都商量好了，你就娶她为妻。结婚的日子，也找人看好了，就定在开年初八。”大哥听后，成天闷闷不乐，神志恍惚，有时做梦也念叨着珍。珍和大哥抱在一起哭得死去活来，她发誓今生今世非大哥不嫁。万般无奈，珍如同抓到一根救命稻草，她想到了“逃婚”，但这立马就遭到了大哥的否定。就这样，一对情浓浓、爱酽酽的苦命鸳鸯被“孝心”和“理智”隔在银河两岸。

大哥践父母之命，媒妁之言。一夜之间，表姐成了大嫂。据说，在大哥结婚当天，珍一气之下远走他乡，杳无音讯。

情场失意的大哥，很快迷恋上赌场。他三天两头和队里队外几个游手好闲的人混在一起“诈金花”“抽十点半”“打上大人”“斗十四”等。有时通宵不回，以此麻醉神经。可怜的大嫂独守空房，寂寥难挨，便说些不痛不痒、不着边际的话讽刺大哥，大哥的怒气如火山般爆发了，他不再像当表哥时那样温文尔雅、低声细气、招人喜爱，他把一腔怒火向大嫂发泄，似乎这一切皆由她引起，打得大嫂哇哇大哭，喊爹叫娘。父母半夜起来“阻火”。待父亲拿着龙头拐杖风风火火赶过来欲镇压这胆大包天的“造反派”时，大哥早已抛下呜呜直哭的大嫂扬长而去。父母咬牙切齿，特别是母亲，撇开儿媳，那可是他们亲侄女呀！明知徒劳，母亲为表示对侄女又是儿媳的疼爱，漆黑的夜晚，和父亲一道举个火把，在房前屋后巡查个遍，一边找一边骂个不停：“你个挨刀的，滚出来，我不打死你数你是豪杰！”一向落落大方、心胸开阔的大嫂见父母这般维护她，心里好受多了，不再哭了。

隔两天，大哥才蔫妥妥地回家。大嫂的气早消了，一向爱以思想开导为主的父亲语重心长地对大哥说：“景万，明玉哪里配不上你嘛，你不要那样对待她了哟。她是你妻子，也是你表妹，再那样，我们咋个向她爸妈交代？特别是你妈那张老脸再也无法见她大姐了哦，到时别说亲上加亲，姊妹恐怕都成仇人了。”

之后，大嫂格外将就大哥，一些细末之事，大嫂也忍让着，从不向父母打他的“小报告”，她知道父母左右为难。可大哥却变本加厉、肆无忌惮。他无事旷工，有时天黑不回家。父亲脸气得铁青，他可是一队之长呀！这叫他日后咋个面对队里的社员？他暗自思忖如何整治这个日不工作夜不落屋的忤逆之子。那天，天黑了，大哥又没回家。父亲不知从哪里得到一条“小道消息”，说大哥在邻队一家公猪场里打“上大人”。父亲随即砍了两根拇指般粗的黄荆条，像公安人员抓犯人似的争分夺秒，直扑邻队公猪场。父亲赶到时，正巧碰上进圈喂猪的饲养员，打招呼的声音又一次让大哥逃之夭夭。父亲累得气喘吁吁。他警告那里的饲养员：“你们这里再设赌场，我要告你们违法乱纪，不务正业，到时别怪我不客气！”

父母的脸色一天一天变得更加难看。父母在他们的众多姊妹中也算有点“颜面”。大哥不争气，引来众多亲戚的非议。长此以往，父母非落得个“教子无方”的骂名不可。大哥很聪明，他深谙大丈夫拿得起放得下、适可而止的道理。经过若干回合的折腾，他不得不牺牲个人感情，开始或多或少替父母和自己的小家庭着想。他不再旷工，不再与队里队外游手好闲的人鬼混，不再让大嫂独守空房。勇儿、聂儿、松儿出世，便是见证。父母为他们爱的结晶欣喜若狂。大哥有了儿子后，家庭责任感也有了，开始对他们倾注满心的爱，一家人情悠悠、乐融融，两口子也似乎找到了爱的感觉，过起了你愉我悦的日子。

好景不长，松儿一岁时，大嫂患上了风湿心脏病，这突如其来的变故让大哥手足无措。他感觉自己和妻子——原本两小无猜的表妹再也分不开了。他筹措资金，遍寻名医，千方百计要治好大嫂的病。哪怕砸锅卖铁、沿街乞讨，也心甘情愿、在所不惜。然而，这一切都晚了，大嫂从得病到辞世过了五年零三个月。大嫂临死时异常难受，一条崭新的床单都被她抓扯烂了。她舍不得深爱的丈夫，哪怕他伤过她的心；她舍不得深爱着的三个孩子，因为那是她与大哥爱的结晶，而且他们还未成年。

出殡那天，三个孩子用恸天的哭声给他们的妈妈送行，大哥像个孩子一样趴在大嫂的灵柩上呼天抢地，哭得死去活来。他哭，他给她的恩爱太少太少；他哭，她对他的付出太多太多……

大哥将对大嫂的爱成倍地浇融在三个儿子身上，身负太多的愧疚，他决定用一生一世来偿还。当思念如潮时，他独自一人衔着一支烟在大嫂坟前转悠，再默默地说上几句心里话，权当与大嫂交谈。

光阴荏苒，冬去春来，三十三年，弹指一挥间。如今，三个孩子已长大成人，均已成家，大嫂的在天之灵终于可以得到安息了。

（2021 年 9 月 25 日发表于《巴中日报》）

扶贫路上

1

定强市云峰县普渡镇的普洱村，有个小地名叫九道拐。前几年，村上规划了一条通往九道拐的机耕道。由于线路太远、受益限两户，测绘专家实地考察评估，觉得机耕道工程成本太高。于是，村上决定动员这两户搬迁。鉴于某些因素，未能遂愿。顾大嫂就住在九道拐的西头。

2

顾大嫂是普渡小学强生的精准扶贫帮扶户，强生到顾大嫂家，九道拐是必经之路。此径鲜有人走，被黄荆马桑蒴藤茅草覆盖，强生走这条路，腿多次受伤，妻子桂花心疼死了。

周六早上七点多，强生去顾大嫂家，临近中午十二点，未回。桂花打电话，对方却关机。她心里如十五只吊桶打水——七上八下。耄耋之年的爷爷，瘫痪在床，不满周岁的孩子老是哭嚷。

差五分钟，十二点了，桂花烦躁不安，心里怪怪的，有种不祥的预感。咋办呢，联系不上，桂花急得直跺脚。爷爷也急得像热锅上的蚂蚁。

“哎！还是去问问隔壁王二婶，或许，关键时刻，能支个妙招。”她正准备出门，强生进来了。“急死我了！打电话关机，发信息不回，怎么这么晚才回呢？你看，你腿又被刺藤扎破了。”

桂花找了两片西药，碾成粉末，边敷药，边提醒：“今后小心呢，扶贫路上注意安全呀！你有个三长两短，我们母子咋办？爷爷咋办？顾大嫂咋办？你是我们家顶梁柱呀！”桂花掉眼泪了。

强生边哄孩子，边安慰：“放心吧，我会注意的。由于下雨路滑，过桥口溪时，手机掉水里，关机了。今后我会加倍小心。”

桂花不再说什么，开始做午饭了。

3

桂花聪慧贤淑，左邻右舍亲朋好友哥嫂叔婶无不夸赞她。强生每次在她的授意下，给顾大嫂送油、肉什么的。这次她让强生送桶香油和几件旧衣服。

顾大嫂五十好几，体弱多病。去年，丈夫因脑出血辞世。膝下一儿一女，儿子读初中，女儿读高中。公公卧病在床。一年的开支压得喘不过气。

国家启动精准扶贫政策后，她家被村民小组评为贫困户。今年，为顺利脱贫摘帽，迎接国家、省、市评估达标验收，村上利用产业帮扶基金给贫困户购置了鸡苗，每人二十只，她家八十只。

强生今天去她家，发现大多鸡仔都恹恹欲睡，不喝水，不进食。圈舍还有白色糨糊状稀屎。强生看后，二话不说，火速赶到村上找农技巡回服务小组的黄勇咨询。

原来鸡仔患了鸡白痢，黄勇迅速给他开了呋喃唑酮、磺胺脒两味药，并吩咐，按一定的比例拌料给鸡服用，连服 3 天。

强生箭一般奔回顾大嫂家，当面教她如何喂服，一再强调，连续 3 天才有效。临走，他还给顾大嫂讲了一些养鸡的常识，并一再强调圈舍保持干净、通风、透气。千叮咛，万嘱咐后，才班师回朝，这一来二去，不觉到了中午。

4

清晨，喜鹊叫个不停，爷爷露出几分笑意。他说，那一年，记不清哪月哪天了，大概七月底八月开初吧。一大早，喜鹊也叫个不停，临近中午，邮递员送来了强生的师范录取通知书。为这，全家高兴了好几天。乡亲们都夸赞强生是文曲星下凡。

爷爷忘记了病痛，指着强生说：“不是你娃有……有出息，我早就……就‘挂了’。你爸妈命……命苦哇，福都没……没享成，一个二个……都去了，剩下我……我这把老骨头把你们拖……拖累到。你们两个孙子把……把我服侍这么好，你们下辈子一定会有好……好的福报。强生呀，你爸妈都是有……有出息的人哦，可是福……福薄命浅！”

强生听爷爷提到爸妈，心如刀绞。当年读师范，为筹学费，杀头年猪只留点肥坨子肉，圆尾、背脊上的瘦肉、心腰肝舌肚全拿到集市上变卖成钱。

强生忍住悲痛，说：“不提那些了，现在，我们的生活如芝麻开花节节高。特别是国家的精准扶贫政策，像我们这些贫困的家庭很快就会好起来。”

“你们聊得好欢呀！”原来，工会主席关鑫和艾校长来了。他们代表学校支部、行政、工会给他家送来了两桶香油和五百块钱慰问金，说是暖冬扶困，学校给他家的一点关爱。

强生推辞，说去年享受过了。

艾校长和关主席一再强调，这是学校办公会议研究决定的，千里送鹅毛，礼轻仁义重，不必推辞。

前些年，强生父亲生病在信用社贷了10万元，母亲生病在信用社贷了5万元，亲戚邻居朋友处挪借的也不少，再加之，爷爷瘫痪在床，从未离药，可谓债台高筑。

强生推辞不过，羞愧笑纳。

望着校长和主席远去的背影，强生的眼角湿湿的。

这两年，学校暖冬扶困，每次都想着他。

今年工会提前通知家庭经济特别困难的教师向学校递交困难补助申请。强生知道学校的难处，不好再向组织伸手，可领导还是牵挂着他们一家，又送来了关爱，股股暖流在他心中久久流淌。

5

桂花趁孩子睡熟了，挪到强生一边，抱住他，“亲爱的，失眠了呀?”强生装作没听见。

“你在想领导给我们送钱和油的事呢。”没等强生开口。桂花又说：“亲爱的，我想好啦，那钱和油我们给顾大嫂，她孤儿寡母，怪可怜的。我们虽困难，是暂时的。你看顾大嫂，两个孩子，一个高中，一个初中，还有公公卧病在床，日子多难呀！作为女人，我懂。”

强生转身将她搂在怀里，亲上一口。“宝贝，你懂她，也懂我呢，我们想到一起了。欠下的债，慢慢还，我们会逐步过上好日子的。”桂花没应答。原来她睡着了。

强生清楚，妻子照顾爷爷，照顾小儿子，还操大儿子的心，成天家务缠身，太疲倦了，没再打搅她。

不一会儿，强生也进入了梦乡。

好开心呀，还清了欠债，还在城里买了一套住宅，爷爷的病也好了，九十几岁的人根本不需要人搀扶，成天到处跑，自由自在地享受当下的美好生活。娃娃们也在城里上班，顾大嫂也住城里了，还与她一个小区，彼此亲如一家，大家在一起吃饭，好热闹呀！喂，强生兄弟！强生一睁眼，原来天已大亮，该起床上班了。

6

强生麻利地洗漱完毕，便出发了。

为抢时间，他在街角“狗不理包子”店买两个包子，便一路小跑，往学校赶。

刚到操场，只见茜蓝埋着头，从校长办公室出来，急匆匆的，嘟着嘴，黑着脸，头也不抬，径直朝教师办公室走去。到底发生什么事了？强生好奇，于是，加快脚步，到教师办公室一看，除茜蓝外，还有两位年轻教师，他们都是今年考到普渡小学的新教师。

办公室内掉根针都听得见。他们埋着头，在写什么，挺认真的。到底在写什么呢？强生疑惑，但又不便过去看，万一人家有秘密呢。

“必须深刻检查，全面检视脱贫攻坚工作中存在的问题与不足。否则，你们几个停职反省！”艾校长站在门口，严厉地说。

哦，清楚了。在脱贫攻坚工作中，他们捅了娄子。

下课了，操场上，一些教师在议论。原来，在接受局脱贫攻坚领导小组明察暗访时，茜蓝回答学生资助政策这一块，闪烁其词，其余两位在算收支台账上存在错误，贫困户有经营性收入，没经营性支出。这一轮局脱贫攻坚督查，学校将被通报批评。并且，年终目标考核，学校将被扣减 0.5 分。这 0.5 分，对学校的年终目标考核将会造成很大的影响。

艾校长从不对教师发火。即使发火，也是针对领导。他历来的口头禅是“只有领导的不对，没有教师的不是”。这次例外。在他心中，脱贫攻坚是天大的事，任何人只能念兹在兹，唯此为大。

在中午教师大会上，艾校长进行了自我反省。他觉得作为一校之长，一是自己的表率作用发挥不够；再者，在培训这一块上，没讲深讲透，才导致几位年轻教师出现了差池。然后，他再次向全体教师重申脱贫攻坚工作的重要性。最后，他当众向几位年轻教师道歉，说上午批评的语气过于严厉，真诚地向他们说了声对不起。同时，他又语重心长地勉励年轻教师，要不懂就问，要敢于做事，勇于担当，只要肯下功夫，没有年轻人干不好的工作。

他的谆谆教诲深深地触动了几位年轻教师的灵魂。他们纷纷表示，在今后的工作中，一定履职尽责，干好自己的本职工作，特别是脱贫攻坚工作，坚决不拖后腿。

7

雨断断续续地下，掐指一算，半个多月了。

在镇第四次脱贫攻坚工作推进会上，谷书记告诉大家："面对这样的恶劣天气，要蔬菜、禾苗不长蚜虫，有个土办法，那就是在蔬菜、禾苗地里撒草木灰。"

谷书记的一席话，让强生想起小时候和母亲到地里撒草木灰的情景，几十年过去了，仍历历在目。

目前，顾大嫂家种的白菜不知咋样，油菜长蚜虫没有？为了弄清这些情况，他毅然决定下午放学后去顾大嫂家。

强生打电话联系顾大嫂，连打两次，没打通，第三次通了，顾大嫂有气无力。原来，顾大嫂感冒了。

强生详细询问了顾大嫂的感冒症状，立马到药房配了几味治感冒的药，另外，买了两袋荆防颗粒和板蓝根颗粒。

强生觉得放学去，太晚了，他必须尽快赶过去。

他请了假，来到顾大嫂家，将药兑好，给她吃了。随后，二话不说，到灶膛装两蛇皮口袋草木灰，直奔白菜地。

不看不知道，一看吓一跳，白菜地里蚜虫横行，地里有成千上万的蚜虫，部分菜叶只剩根茎了。强生怒不可遏，“该死的蚜虫欺负顾大嫂，看我怎么收拾你！”他咬牙切齿，恨不得将地里的蚜虫全部除掉。

在白菜地里撒完草木灰后。他又直奔油菜地，油菜地里的蚜虫也肆无忌惮，他又给油菜苗撒了草木灰。

撒完草木灰，天黑了。他回到顾大嫂家，给她煮了晚饭，一切安排停当，他才打道回府。刚出门，一股强烈的灯光从对面照过来，原来，桂花来接他了。

此刻，一种无以言表的幸福感向他袭来。他感到累并快乐着。

8

扶贫方面的政策较多，比如教育保障政策、医疗保障政策、住房保障政策、社会保障政策、生产就业政策等。

作为帮扶人，牵涉到自己帮扶的贫困户应该享受的政策务必牢记。只有这样，在上级督查问到时，才能对答如流。更为重要的是，在引导贫困户脱贫致富时，才能做到有的放矢。

强生给自己施压，所有的扶贫政策，都力争牢记。可是，事与愿违，记多了，反而把牵涉到自己帮扶的贫困户该享受的政策搞忘记了。于是，他定了个不成文的规矩，每天早上起床后，第一件事，浏览一遍精准扶贫政策，每天晚上睡觉前，再浏览一遍精准扶贫政策。

功夫不负苦心人，他终于将精准扶贫各项政策烂熟于心。学校分管精准扶贫工作的李副校长，每天要随机抽查帮扶人回答相关扶贫政策，几乎天天有人亮红灯。唯独强生，只要抽到他，皆对答如流。因此，每次周会上，强生都得到了表扬。在全校精准扶贫政策知识竞赛中，强生以100分的优异成绩，摘得学区桂冠，学校给他奖励了一把伞，他感到特别自豪。每次打着伞，就觉得头顶上有“光环”罩着。

9

七月流火，烈日炙烤大地，草木禾苗挣扎在死亡线上。

可恶的非洲猪瘟乘虚而入，普渡镇为了控制疫情，镇政府召开了镇、村、社三级干部参加的紧急会议。会议决定，发现有疫情的村重点监控。普渡镇各关隘口设立哨卡，进出车辆必须接受检查并消毒，实行24小时值班制，各村民兵轮流值守各关隘口。

在普渡镇辖区内，各路道、农户房屋圈舍及周边，一律用生石灰、泡腾片等消毒药剂进行定期消毒。

麻花村、石膏村因为疫情严重，生猪全部活埋。

强生时刻牵挂着顾大嫂的两头大白猪，今年她家猪财旺，正月买的仔猪，不到半年，一头便长到了两百来斤，眼看出栏了，遇非洲猪瘟来袭。顾大嫂成天愁眉苦脸，生怕出意外。作为帮扶人，强生也急，他时刻关注顾大嫂家的“五小”经济发展态势，尤其是养殖要是出现重大损失，顾大嫂今年脱贫摘帽就会面临严峻问题。

为了提高安全系数，强生自掏腰包买来生石灰、泡腾片等消毒药剂，每天都要对圈舍内外，房屋周边进行全面彻底消毒，同时做到圈舍随时保持干净卫生，并及时通风透气。

强生怕顾大嫂忙于农活，有所疏忽。暑假大部分时间，他都在顾大嫂家。一来帮她做些农活，二来密切关注两头大白猪的长势。不在那一天，也要电话询问猪的进食及精神状态。

为保证万无一失，强生还三次请农技员黄勇入户查看并指导。

苍天有眼，一直到非洲猪瘟警报解除，顾大嫂家的猪都没受到影响。强生为顾大嫂庆幸，也为自己庆幸。

10

顾大嫂的儿女争气，学习特别努力。今年，女儿桂枝以优异成绩考上了西华师范大学，这对顾大嫂来讲，喜忧参半。喜的是，娃娃的努力没有白费，十年寒窗，终成正果。忧的是，每年那一大笔学费和在校期间的生活费从何而来。

为了解除顾大嫂的后顾之忧，强生抽时给她上了一堂精准扶贫政策课。

强生告诉她，孩子考上了大学是好事，她家是建档立卡贫困户，孩子桂枝可以享受“建档立卡贫困户家庭大学生资助政策”：一项是本专科学生学费和生活补助，另一项是教育扶贫救助基金。

“本专科学生学费和生活补助”，2016 年至 2020 年新入学的建档立卡户本专科生每学年资助 4000 元（其中学费 2000 元，生活补助 2000 元）。

“教育扶贫救助基金”，指户籍在云峰县的建档立卡从学前教育到高等教育阶段学生在享受现有普惠性教育资助政策之后，仍然面临着与就学直接相关的特殊困难可申请教育扶贫救助基金。

顾大嫂听得很认真，但心里没“谱”，不知道怎么操作。强生告诉她，只需提供相关证件、信息，至于写申请跑路之类由他代为操办。

同时，强生告诉她，享受了这些资助政策之后，如果还有困难，他们家还可以享受国家开发银行推行的“大学生生源地信用助学贷款”，并且这种贷款是不计分毫利息的。本专科生每年可贷学费和住宿费不超过 8000 元，并且凭学生证还可以到学生资助管理中心续贷。强生表示他愿意替她跑路，请她放心。

多日压在顾大嫂身上的包袱终于卸下了，她脸上的愁容也一下子烟消云散了。干活也格外有精神。

娃娃读书有希望了，她也有希望了，一切都有希望了。

11

强生把桂花吓一跳。原来，孩子感冒了，昨晚折腾了一宿，孩子刚哄睡着了，她正小憩，强生回来了。强生告诉桂花，他割了两斤肉，晚上去陪顾大嫂聊聊天，叫桂花也去。

桂花笑着说："带两斤肉，去麻烦人家，好意思呀，你难道让贫困户贴本不成。你看，那是春生送的。"她指了指地坝边的柴棚。鸡通人性似的"咯咯咯"地叫了。

春生是桂花的侄子，近年搞种、养殖，发了大财，是远近闻名的有钱人，他偶尔给姑姑送点鸡鸭什么的，让他们改善生活。

强生说："你侄子送的，怎好送我帮扶户呢？"边说边笑。桂花噘着嘴，"哼！看不出，还分你我呢！"

"好，恭敬不如从命！"强生抱着拳，桂花又笑了。

吃过午饭，桂花给孩子喂了药，又给他添件衣服，随即打电话叫妈过来照顾爷爷和孩子。

不久，桂花妈来了。

强生一手提鸡，一手提着肉和白菜，夫妻出发了。山丫处，强生看到顾大嫂在花椒地拔草。强生和妻子直奔过去。顾大嫂见他们来了，便收拾东西准备回家。可强生夫妇坚持拔完剩下的草。说干就干，强生一阵风似的，桂花也不示弱。

天黑了，草拔完了。回到顾大嫂家，桂花二话不说，找个围裙，配合嫂子“锅边转”。顾大嫂说啥也不要他们送的肉和鸡。她说，强生的爷爷生病，年龄那么大，桂花又要照顾吃奶的小孩，还有娃儿读书。

桂花看顾大嫂客气，趁她不注意，便拿出肉，在案板上切，强生坐在灶膛前架火烧水。

顾大嫂拿出高压锅说：“今晚把鸡炖来吃了，烧水杀鸡咯。”桂花说啥也不答应，叫顾大嫂过后慢慢炖来吃，好让他们一家补补身子。

顾大嫂拗不过，又实在过意不去，搭个梯子将梁上挂的仅有的一绺腊肉取下来切了点，说腊肉香。

席间，顾大嫂透露今年她家生活条件改善了不少，一是地坝边的果树争气，水果今年卖了两千多块钱。二是街上卖烤鱼的秦老板知道她家两个孩子读书，老公不在，公公生病，有意在她困难时拉她一把，主动联系她，愿意长期销售她家的鱼，还拍了硬膛子，不低于市场价。顾大嫂的喜悦之情溢于言表。

顾大嫂不断感慨道，共产党好哟！世间好人多哟！她这辈子能遇到强生、桂花还有秦老板这样的好人，是她上辈子修来的福分。强生夫妻把她当亲人，她不知啥时才能报答强生夫妻哟。

顾大嫂一番话，让强生和桂花不好意思。强生说："顾大嫂，谁有困难都应拉一把，不要往心里去。"

吃了晚饭，九点多了。夫妻帮顾大嫂收拾完毕，才急匆匆往家赶。

待到家里，已经十点，爷爷、桂花她妈和孩子已进入了梦乡。

劳累了一天，强生上床便呼呼大睡。桂花怕影响他，抱着小孩到另一间屋休息去了。

12

丹桂、金桂你不让我我不让你，喷香校园，沁人心脾。

强生想到了妻子——桂花。桂花生在农历八月，故，其父取名"桂花"。

这么多年，桂花与他风里来雨里去，同甘共苦。强生却没给她过个像样的生日。

对，今天八月初八，不能再错过了，一家人必须庆祝一下。强生到蛋糕店定做了蛋糕，到花店买了十八朵玫瑰。结婚至今，夫妻相濡以沫 18 年，一年一朵，很具创意。强生偷着乐，暗自庆幸自己的"情商高"。

他提前打电话，叫桂花晚上多弄个菜，这段时间劳累，晚上想喝两杯。桂花欣然应允。

这举动，一反常态，桂花摸门不着，她也不去猜，谁叫他是心上人呢？

桂花宰根猪脚，取下两节香肠，两条海带。猪蹄和海带炖汤，爷爷吃了营养。香肠强生佐酒。另外，炒两个素菜。忙乎一阵子，饭煮好了，菜炒好了，猪蹄也炖得差不多了，可强生还没回来。桂花想，猪蹄多炖一会儿也好，爷爷年纪大了，牙齿咬不动。

晚上八点了，强生还没回。桂花给爷爷盛碗汤，这么晚，爷爷饿了。

桂花打电话，通了，但没接。等啊等，突然，院坝传来“笃笃笃”的脚步声，桂花把门一开，傻眼了，玫瑰？蛋糕？桂花云里雾里，丈二和尚摸不着头脑。“对不起，回来晚了，生日快乐！”“什么？你晕了？我不是今天过生日呢！今天才初八，我生日十八呀！”“喔喔。这一天天的，你的生日我都搞忘了。”强生很尴尬，桂花却很激动。

“我们年轻，过啥生日哟。不过，还是谢谢你，老公！”桂花接过玫瑰和蛋糕，深情地拥抱着丈夫。这是结婚以来，老公第一次给她过生日。感到幽默的是，提前十天过了。

桂花破天荒陪他喝了两盏。强生告诉桂花，今天他帮助了年轻教师晴雯，晴雯的帮扶户张婆婆的儿媳在外务工，每年过年才回家，张婆婆患支气管炎、肺气肿，稍感冒就上气不接下气。喘得凶时，很要命。

晴雯刚参工，就帮扶她。看到张婆婆，她就想到自己的婆婆。晴雯的婆婆与张婆婆得的一样的病，所以她深知这种病有多难受。

上班不几天，晴雯就跟分管精准扶贫工作的李副校长谈了想法，她愿与张婆婆生活在一起，便于更好地照顾她。

李副校长将晴雯的这一想法向艾校长汇报了，没想到，艾校长听后大为赞赏，并在全校教师大会上表扬了她。

晴雯并非一时冲动，她要俯下身子、沉下心来帮扶。晴雯帮张婆婆煮饭洗衣，端茶递水，像照顾自家婆婆一样。

她还抽空帮张婆婆发展“五小”经济，她栽的花椒长势好，喂的鸡鸭也精神，深受驻村工作队汪队长和驻村第一书记何书记的高度赞扬，在村帮扶工作大会上，他们多次表扬她。普渡镇也掀起了一股向晴雯学习的热潮。聊到这，强生露出骄傲的神情。“老婆，同事不错吧！在扶贫工作中，学校的典型多着呢，今后慢慢给你分享。”

“哎，说半天，今天的事还没讲，下午六点，张婆婆病急，我和同事配合晴雯把她送到医院抢救，忘记带手机。”强生很愧疚。

“张婆婆的病情如何？”“已经脱离危险了！”“哦哦，那就好！老公，你做得对，人命关天，吃饭晚点没关系。”

13

强生多次向支部、村委和驻村工作队反映顾大嫂家交通不便的问题。

汪队长、何书记与支部、村委高度重视。

镇党委书记、镇长带领扶贫办及村一班人也多次深入九道拐地段，实地查看地形地貌，一致认为修路不现实。

最终，经集体研究决定，九道拐西头的两户贫困户享受国家易地搬迁政策，实行易地搬迁。关于土地耕种不方便的问题，由支部、村委出面协调解决。

一度悬在强生心里的石头终于落地了。

顾大嫂他们很快就要搬到新居了。

14

“今天，会议有两项议程。首先，请分管脱贫攻坚工作的李副校长抽签，抽到的教师回答问题。”

这段时间，脱贫攻坚如火如荼，县纪委十个专项督查组，县教科体局六个专项督查组，天天深入一线督查扶贫政策知晓度及落实情况。

上周，县纪委在督查某个学校时，发现一位教师回答不出教育保障相关政策，全县通报批评，并责令学校向县纪委书面检讨，帮扶人在学校教师大会上做深刻检讨。

形势严峻，学校也必须采取应对策略，为防止脱贫攻坚过程中个别帮扶人政治站位不高，不学习政策，“滥竽充数”，学校实行分管领导随机抽取帮扶教师回答问题的办法，以促使教师深入学习。抽到的教师如回答错误，第一次严厉批评，第二次将按学校绩效分配方案执行惩戒。

今天第一个被抽到的是蒋如意老师，问题是：详细解读“三免一补”政策及精准扶贫户医疗费用报销标准。蒋老师临近退休，却回答得非常流利，赢得老师们的阵阵掌声。

第二个回答问题的是贺书城老师，他回答的问题是贫困大学生可以享受哪些政策，他帮扶的老人应该享受哪些社保政策。他在回答过程中，有点迟疑，不算流利，老师们也报以热烈的掌声表示鼓励。

第三个是刚参工不久的杜晓霞老师，抽三个问题，有一个回答不完整，那就是大学生生源地信用助学贷款办理流程没有交代清楚，受到校长的严厉批评。学校上次在上级督查中因教师回答政策不流利和收支台账存在错误受到局通报批评。故，校长特别在意，绝不允许任何人再出现类似问题。

“下面，进入第二个程序。”只见艾校长一本正经地从公文包里抽出一封信。

一副神秘的样子，吊着大家的胃口。

片刻，才慎重地告诉大家，这是一封感谢信，来自贫困户的。大家的耳朵竖起来了，都想知道谁写的，感谢谁。

老师们清楚，这是对帮扶人的莫大认可，不亚于县级表彰。

原来，写信的人，在西华师范大学读书，她感谢强生老师这几年对他家无微不至的关心、照顾。家庭经济翻番，生活水平大幅度提升都凝聚着强生老师的汗水和心血。

大家把目光齐刷刷地投向强生老师，目光中满是敬佩和羡慕。

信中说，强生老师把她家当成自家来经营，待她和弟弟如亲生子女，他们全家终生难忘。信众还表示，她和弟弟一定做一个感恩的人，在校好好学习科学文化知识，练就过硬本领，将来以优异成绩回报社会，回报强生老师，回报亲爱的、伟大的党。

强生有些羞涩，头埋得低低的。

艾校长读完信，向强生竖起了大拇指，会议室里一下子响起了雷鸣般的掌声。

强生站起来，向主席台上的领导及在座的同事们深深地鞠了一躬，谦虚地说：“各位领导，各位老师，我还做得不够，承蒙顾大家认可，今后，我会继续努力，和大家一起竭尽全力让贫困家庭顺利脱贫，并让他们加快致富奔小康的步伐。”强生话音未落，会议室又响起热烈的掌声。

15

脱贫攻坚，进入了攻城拔寨关键时期，为了 2019 年顺利脱贫摘帽，定强市委、市政府向每位帮扶人寄了《致全市脱贫攻坚帮扶干部的一封信》，信中表达了市委、市政府对全市脱贫攻坚帮扶干部的真诚感谢和崇高敬意。

同时，向全体帮扶人提了五点要求：一是进一步核实基本信息，认领反馈问题清单并及时整改；二是提醒大家进一步明确帮扶工作职责，加大帮扶力度；三是告诫大家及时查漏补缺补短，力争 2019 年底顺利脱贫摘帽；四是将

自己帮扶情况向本单位主要领导同志汇报。能高质量脱贫要报告，存在困难需要单位协助推动的也要报告；五是务必聚焦“两不愁三保障”，要坚持基本原则，切记随意提高标准，不搞形式主义，在扶贫的伟大事业中坚定信仰，增长才干，成熟心智。

他反复地读着这封信的内容，心里很踏实。他觉得这五年帮扶顾大嫂，扶贫之路如同九道拐曲里就拐坎坷不平，但自己沉下去，贴着帮，成效显著，问心无愧，无怨无悔，目的达到了。按国家脱贫验收标准，顾大嫂已经脱贫。顿时，强生心里有一种释然的感觉。

他决定静下心来，写一份汇报材料，向学校领导如实汇报，近年来在脱贫攻坚中，帮扶顾大嫂的成效。

阳光从窗外照射进来，强生突然觉得这冬日的暖阳格外舒服，透过窗户，望着九道拐方向，他心潮澎湃，此起彼伏……

这五年，给了强生许多不一样的收获与启示。顾大嫂脱贫了，强生也成长了，成熟了，这何尝不是一种隐形的财富……瞬间，灵感来袭，写字声在小屋回荡……

（收入《巴中小说选》2021—2022 年选）

他山之石

选 美

一年一度的动物界选美大赛开始了，这次，喜鹊作为候选人，幸运上榜，这着实让它高兴得几天都没有睡好觉。特别是实行“网络投票”评选，让它又拥有绝对的优势。试想，长年累月，四处奔波，为人们送去喜讯，人缘自然是狗撵鸭子——呱呱叫啦！想着，想着，喜鹊心里美滋滋的。

“哞哞哞——哞哞哞——”，循声望去，老水牛爷爷步履蹒跚地走来了。喜鹊急忙上前向老水牛爷爷问好，接着很有礼貌地说：“老水牛爷爷，这些年，我在工作上取得的成绩，你是心中有数的，这次选美大赛，网络上你老人家要给我投上宝贵的一票哟！”老水牛爷爷和颜悦色地说：“孩子呀，这个，我还没考虑好呢。”喜鹊刚才满脸的高兴，一下子荡然无存。但它还是很有礼貌地回敬道：“好的，还是先谢谢老水牛爷爷。”恰在这时，山羊大叔带着他的孩

子们老远朝这边走过来，喜鹊又急忙上前问好，接着，又很有礼貌地说：“山羊大叔，这些年，我在工作上取得的成绩，你是心中有数的，这次选美大赛，我是候选人之一，你老人家可要关注我，记得投我的票哟！”山羊大叔沉思片刻，语重心长地说：“孩子呀，这个，这个我，我真的还没有考虑好呢。”山羊大叔的一番话，无疑又给喜鹊头上泼了一盆冷水，它的心一下子凉透了。它一开始还信心十足，踌躇满志，可现在，那十二分的热度一下子降到了冰点。要知道，这两位可是动物界德高望重的前辈呀，它们都不能给自己一个明确的答复，自己还好意思再去求别人吗？还是明智点，趁早退出，算了吧。

喜鹊很郁闷，怀着沉重的心情，回到了生它养它的那棵歪脖老槐树上，极不情愿地将刚才发生的一切告诉了既是邻居又是闺蜜的画眉大姐。画眉大姐看着好朋友受委屈的样子，心里也很难过。它沉思很久，然后拉着喜鹊的手说："我的喜鹊妹妹呀，面对现实，才是目前摆脱苦闷的唯一办法。我知道，你长年累月为人们报喜，很辛苦，大家也很喜欢你，你的人缘确实也很好，这是众所周知的事实。但话说回来，你这次面对的是选美大赛，'选美'你知道吗？这个光凭人缘是不行的。说句不怕刺伤你的话：你有百灵鸟婉转的歌喉吗？你有孔雀漂亮美丽的外表吗？你有鹦鹉模仿人类的天赋吗？你有八哥骄人的气质吗？我的喜鹊妹妹，老水牛爷爷和山羊大叔怕说实话伤你的心，说假话又不是它们一贯的作风。所以，它们只好说，没有考虑好呢。其实，这都是善意的谎言呀！"

喜鹊听了画眉大姐的一席话，憋屈的心里轻松了许多，它决定不再把"选美"这茬事放在心上，一心踏踏实实地给人们报喜，干好自己的本职工作。

（2018 年 9 月 2 日发表于《巴中日报》）

花果山选举大会

“如此打造花果山，纯粹是乱整！大家翻一下花果山这两年的旅游收入台账，你们就知道了！”大象把鼻子甩得老高，气愤地说。

“就是，你看水帘洞。两年前，天天还有几个游客到处逛。现在倒好，里里外外一团糟。莫说外地游客来观光旅游，就连花果山本地居民都不愿进去耍了。旅游收入不下降才怪！”黑熊擂着胸脯，接过大象的话茬。

“这几年，花果山对果树的管理也没有跟上。以往，花果山的水果，除了满足本地居民需求外，还畅销邻近。现在倒好，本地居民都要饿肚子了。该补栽果苗时，错过良机，该统一摘果时，又不及时组织。如今，花果山部分土地荒芜，果子成堆腐烂。”猴子边说边擦眼泪，长叹不已。

“这些年，老虎主政，独裁专横，从不听取别人意见。处理问题，简单粗暴，成天忙于应酬，疏于管理。每次召

开动物代表大会，都有很多提案提出。但作为负责人，它根本不重视。会后，那些资料全部被卖给收破铜烂铁的黄鼠狼。”兔子说这话时，恨不得剥了老虎的皮，吃了老虎的肉。“这是黄鼠狼大哥提供的证据，请过目。”兔子从口袋里取出一摞资料，递给工作人员。

老虎正要发作，大象狠狠地瞪了它一眼，老虎便不出声了。

“今天是动物界换届选举大会，希望各位知无不言，言无不尽，客观、公平、公正地评价上届领班人老虎的功过是非。”主持会议的百灵鸟在广播里提醒大家。

近年，山大王老虎声誉一落千丈。原来，它承诺的工作都没有落实。一是水帘洞的装修，截至目前，施工队只进场掘了几撮土，打了几方石头，很长一段时间都没有见到工人作业了，只剩个烂摊子；二是花果山打造AAAAA景区。动物界财政部拨了几亿专项资金，几年过去了，现在花果山仍是一片狼藉，路不通、电不通、水不通。更恼火的是，景区垃圾成山、臭味熏天。动物界旅游部多次派专员深入景区视察，可老虎左右逢源、八面玲珑，均被它糊弄过去。一次次呈报，皆是花果山工程项目进展顺利，成效显著，竣工指日可待。

花果山居民心中有本账，当年老虎发表就职演说，纯粹是戏耍老百姓。什么一定按照项目的预期目标高规格打造花果山，什么必须增加花果山的旅游收入……到现在，没有给动物们带来一点好处，反倒造成不可挽回的损失。好在动物界民主制度健全，靠霸道逞能的时代一去不复返了。

它们下定决心，再不能让这样的庸大王混下去了。趁召开动物界换届选举大会之机，另选合格的负责人。于是出现了开头那激动人心的一幕。

选举结果，老虎下了台，一向踏实肯干的老黄牛以全票当选。从此，花果山结束了老虎不可一世的独裁统治。

花果山之今日，鸟语花香、欣欣向荣。

（2017年发表于《平昌文艺》第2期）

狮子主事

老虎被革职，移交动物法庭审判。狮子被动物界任命为百兽之王，主持日常工作。

动物们得到消息，山林里一下子热闹起来。

猴子抱着刚掰的两个玉米棒子去孝敬狮子，恳请狮子大哥提携提携。

黑熊把一筐土豆驮到狮子家，拜托狮子关照关照。

狡猾的狐狸也把刚从乌鸦那里骗到的两片肉毕恭毕敬地呈给狮子，聊表寸心。

啄木鸟衔着一口虫子打老远来给狮子敬献薄礼。

一向埋头苦干的老黄牛也步履蹒跚地背着一篓果子向狮子请安。

连蚂蚁们也抬着熟米粒向山间进发……

拜见的动物一个接一个，络绎不绝，不大会儿工夫，便把偌大的“狮府”大门给堵死了。

狮子看着眼前这一幕，终于明白了老虎下台的原因。于是，它果断命令黑猫警长将动物们送的礼品如数退还。同时，责令相关部门对它们进行严肃批评教育，并当场宣布：再有下次，绝不轻饶。

自此，狮子主事，上下廉政，百兽安居乐业，处处呈现出一派安宁祥和的景象。

（2008 年发表于《平昌文艺》第 4 期）

乌鸦与鹦鹉

乌鸦逢人便说，鹦鹉只会人云亦云，有时，依葫芦画瓢都不像，不是变腔，就是走调，怪难听。

鹦鹉逢人便说，乌鸦外貌丑陋，一身乌黑，声音也难听，一看到它，周身起鸡皮疙瘩，真不想和它打交道。

它们这种做派，老水牛知道后，很气愤，在一次动物大会上，老水牛语重心长地说：“人人都有优点和缺点，作为动物世界这个大家庭中的成员，不要一味抓住别人的缺点不放，重要的是，要看到别人的长处，并虚心学习，这样，才会不断成长、进步。”

从那以后，乌鸦和鹦鹉不再相互诋毁了。

（2019 年 5 月 4 日发表于《寓言文学》）

六耳猕猴主政

又一轮换届选举结束，六耳猕猴履新花果山。

六耳猕猴召开花果山工作安排会，老水牛、老山羊、八哥、画眉等班子成员出席。

六耳猕猴主政，首次与大家见面，没有半句客套话，只用了十分钟安排工作，随即宣布散会，要求大家下去立马分头落实。

八哥、画眉盯着手中精心准备的稿子，一下子傻了眼。按惯例，这样的会议，班子成员车轮战术般的都得“展示”一番。这次六耳猕猴讲完后就宣布散会，弄得八哥、画眉丈二和尚——摸不着头脑。

老水牛和老山羊却很高兴，因为它们不喜欢讲空话、大话、套话。

（2019 年 12 月 4 日发表于《寓言文学》）

蚂蚁和大象

有动物夸奖蚂蚁是大力士，大象认为那是睁眼说瞎话，胡说八道。

一次，动物世界进行举重比赛。结果显示，蚂蚁能举起超过自身重量100倍的物体，而大象却只能举起超过自身重量0.1倍的物体。在事实面前，大象心服口服。

从此，大象再不小觑蚂蚁了。

（2020年7月20日发表于《寓言文学》）

茶余酒后

“赌海”无边　回头是岸

赌，如鸦片似海洛因，你一旦染上了它便不能自拔，成天茶不饮、饭不思，一门心思想发财，连做梦你都会和它黏在一起，意志力不强的人，就会一辈子被它俘虏，成为奴隶，不少美好的光阴便会因它而蹉跎，大好前程便会因它而逝去。君不见，多少人命殒赌桌提前报到阎王府；有多少人因迷恋赌博惨失饭碗抱憾终生；有多少人因它负债累累妻离子散家破人亡；有多少人因它铤而走险偷抢扒窃谋财害命锒铛入狱。

试想，一个国家，一个民族如果赌馆林立、赌棍盛行、昼夜酣战不休，这意味着什么？很显然，这意味着这个国家这个民族将会日趋衰落、每况愈下。不用说这无疑是这个国家这个民族莫大的悲哀。千百年来的历史有力证明：赌不出蒸蒸日上的事业、赌不出日新月异的发展、赌不出五彩缤纷的小康生活。相反，正如那些睿智的人们所说，赌博赌博，只会越赌越“薄”。难道不是吗？事业在一天天被赌“薄”；前途在一天天被赌“薄”；友谊也在一天天被赌“薄”。君不见多少亲朋好友，在赌桌上为出一张牌或得失的算计而反目成仇，老死不相往来。赌博绝对不是所谓的“娱乐”，它压根就是对人类的摧残、蹂躏和践踏。

社会要阔步前进，人类要飞速发展，民族要永远立于不败之地，其最根本的一点在于靠智慧和双手。一切捷径包括赌博在内的都是幻想。倘若不有力地遏制赌博、打击赌博，那就等于是对好逸恶劳的纵容、对文明健康活动的亵渎。一个讲究文明的国度、一个追求和谐的社会绝不允许赌博这种“毒瘤”存在。营造健康、文明、向上的群众娱乐文化氛围才是我们崇尚的至高境界，也是我们肩负的神圣职责。在努力构建和谐社会提倡科学发展观的今天，我们每一位有社会责任感的人都要尽自己最大的努力，为净化我们这块赖以生存的空间而奋斗！

笔者真诚地奉劝人们：“赌海”茫茫，无边无际，请把握住生命的航向，珍惜生命的每一分钟，健康向上、洁身自好、远离赌桌、回头是岸！

（2007 年 9 月 5 日发表于《巴中广播电视报》）

牌奴

背老钱是临江街上出了名的背老二，他姓钱，年纪也老大不小了，故人称背老钱。他肯吃苦、讲诚信、有责任心，找过他干活的人对他都有个好印象，说这个人靠得住、用起来放心。

背老钱有个致命的弱点，那就是积攒不了钱。他说自己心太软了，白天干活，晚上临近几家茶铺争着喊他去打夜麻将，他就不知道推辞。背老钱的家附近就像安了监控，临近几家茶馆的老板娘信息灵通得很，有时背老钱背篼刚放下来就被生拉活扯拽去“娱乐”了。赌场竞争激烈，附近几家茶老板频频耍手段，背老钱打牌不带钱都可以上场鏖战，茶老板随时给他预支三百五百。背老钱也特守信用，他借的钱一般不出两天就会还给茶老板，几家茶老板都把他当宝贝看。他就好比一个给茶老板打工的“牌奴”，左手收钱右手交给茶老板。背老钱这条七尺汉子从来就不信邪，

“老子就不信没有翻身的一天”这句话几乎成了他每次输钱后挂在嘴边的一句口头禅。

背老钱在赌桌上放得开，一次几百几千甩出去眼都不会眨一下，“英雄”得很。他对老婆娃儿却显得格外吝啬。天气炎热要换季了，老婆想买双肉色丝袜，他就是不肯，说她都这把年纪了不要穿得太性感；娃儿想买双凉鞋，他就是不答应，说这么早就光着个脚板板容易着凉……

背老钱成天迷恋赌桌，无药可救，老婆心灰意冷，一气之下带着孩子到广州闯荡去了。背老钱高兴着呢，说晚上再也不会有被“管家婆”关在门外的苦楚了。这样想着的时候，手机铃声突然响了，“钱哥吗，快点过来哟，今晚三缺一，这三个人你包摆平哟，赢钱的时候来了，快点哟！”心理刺激这无形的催化剂成了茶老板的惯用伎俩。“好呢，马上就到。”背老钱白天晚上酣战不休，茶馆就是他的“家”。不出半年，几个茶老板纷纷一本正经地给他报账，张家茶馆说他欠了 5000 元，李家茶馆说他欠了 12000 元，王家茶馆说他欠了 7000 元，云里雾里的背老钱这才如梦初醒，没想到半年不到就输了个大窟窿。茶老板没有先前那么慈善了，背老钱就像一个过街老鼠成天被人吆五喝六。几个老板娘见面就叫他还赌债，甚至还指着他的鼻梁威胁他，说再不还钱就要砍掉他的脑壳扳断他的脚杆。背老钱从一个座上宾突然一下子就变得遭人唾弃，成天蜷缩在屋里不敢出门。

有一天，背老钱突然接到了法院发来的传唤书，老婆起诉离婚。这条消息如同晴天霹雳，背老钱一下子掉进了冰窟窿，顿觉万念俱灰，走投无路，一向无比坚强的他禁不住号啕大哭起来，他哭自己不争气，他哭茶老板心狠手辣变着法子把他拉下水，他哭老婆当初没有下决心管住他这双罪恶的“爪爪”……

在一个漆黑的夜晚，他千方百计躲开几家茶馆老板娘的眼线，偷偷跑到邻近的河边，没有丝毫犹豫，便跳进了湍急的河流，结束了自己短暂的一生。

“牌奴”背老钱死了，人们议论纷纷，都说他本质不坏，落如此下场罪魁祸首是赌博，赌博害得他妻离子散、家破人亡。

（2014 年 12 月 18 日发表于《巴中晚报》）

暗恋

读初二时，班里转进一名女生，她有个与她外表相称的名字——丽蓉。她那白皙的脸蛋、窈窕的身材、不凡的气质，我第一眼看到她，就不由自主地被她那美丽的外表吸引，竟叹服于大自然，孕育了这样一位靓丽女子。那时我已趋向成熟，心中开始涌动着一种强烈的渴望，将来如果能娶她为妻，那将是我一生之幸、终生之福。

她很活跃，平时喜欢唱歌，英语成绩也不错，不久便被同学们推选为班上的文娱委员兼英语科代表。我当时是班上的生活委员。鉴于我们都是班干，所以有很多机会在一起讨论班级事务。不知是崇尚优秀者，还是心生爱慕使然，每次只要是丽蓉提出的观点，我都投赞成票，没有例外。

当时，班上有种不正常的现象，那就是男女界限分明，“三八”线盛行。我的这一行为为男同胞所不齿，曾遭到班上一部分男生的白眼，他们将我划为男生中的“败类”。

在夹缝中的我，处境极为尴尬，渐渐地，班上与我交往的同学少了，极个别愿意与我交往的同学，也被大伙儿视为“另类”。我在学习、生活中，时常遭到部分同学的排挤、打压，濒于班级“交际圈”外的我开始“自娱自乐”。沉迷书堆几乎成了我初二、初三两年最佳的消遣方式，一有空，我便钻图书馆、跑阅览室，广泛涉猎各科知识，以不断充实自己的方式应对来自外界的干扰。

班级同学的不公正待遇并不影响我和丽蓉在一起。我除了与她一起积极参与班级管理外，还常在学习上取长补短。我英语成绩远不如她，于是，我在下课或午休时间主动找她给我补课。一有不会读的英语单词，我便求助于她，她也非常乐意，并很有耐心，每次都是教到我会读为止。在她面前，我就像一名懵懂的“小学生”、一个备受呵护的“小弟弟”。有时为了“套近乎”，有事无事都要生点理由去“烦她”。她呢，向来是有求必应、从不嫌弃。

她的美丽与乐于助人的品质，让我越来越倾情于她。

由于家境贫寒，在丽蓉面前，我自惭形秽，内心深处觉得配不上她，甚至觉得自己是癞蛤蟆想吃天鹅肉。脑海也曾经掠过一丝给她写封情书的想法，但由于勇气不足和自卑心理作祟而束之高阁。每当产生那种想法，我便尽力克制，有意识地转移自己的注意力，把精力全部投入到学习中去。内心觉得只有学习好了，将来才有本事找到一份

好的工作，那时才有资格与丽蓉谈婚论嫁，才有机会与她共赴婚姻的红地毯。

两年后，我以优异成绩考上了平昌师范学校，拿到了向往已久的录取通知书和户口迁移手续。十年寒窗，终成正果。她由于考场失误，心愿未遂。在那个分别的黄昏，我们手牵手漫步在学校河边的柳树林，我怕她内心难受，掏出心肺安慰她。没料到，她的心态很平和，她望了望蓝蓝的天，又看了看河里清澈的水，然后一字一句地告诉我，她要在高中苦读三年，将来争取考个好大学，让辛苦一辈子的父母享享清福，说后她禁不住笑了。从她那露出的一丝丝不自在的笑容中，我读出了她内心深处的“自责”与“无奈”。我心如刀绞，仿佛“中考落榜”这一记“无情棒”，打的是我，而并非是她。

后来，她在离家不远的镇上读高中，我在县城读师范，我们虽相隔百里之遥，但我们还是鸿雁传书、互致问候，在学习、生活中，彼此为对方不断加油、鼓劲。她的各科成绩从高一到高三上学期，一直在班上都是名列前茅，还多次被学校评为“三好学生”“优秀学生干部”。我在师范的那几年，也是捷报频传、佳音不断。就在临近毕业的那个学期，我花了近一个月的时间反复酝酿了一封情书，正信心百倍地准备向心爱的丽蓉表白时，却收到了她即将和男友奔赴广东打工的消息。原来她父亲害了场大病，母亲也是年迈体衰，家庭经济不堪重负，父母已再无能力送她读大学了。命运就是这样地捉弄人。天啦，我顿觉天旋地转，我心仪已久的丽蓉姑娘就这样将与我长相分离，我后悔自己没把藏在心底的话及早地告诉她。一切的一切终将无法挽回，这些都已成为永恒的过去。

在丽蓉远行的那天，我请了一天假，专程回镇里，去送送丽蓉。在丽蓉和她男友即将踏上长途客车的那一瞬间，我的眼眶湿润了，千言万语，还是没有憋出一句能够表白心迹的话，只是在心底里默默地祝福她。

（2016 年发表于《水乡文学》）

杏坛偶拾

五分钟“破案”

二十五年前，我刚步入讲台，年龄还不足二十岁，学生们看着我这个身高不足一米六，体重不足一百斤的“小”老师，开始怀疑起我的能力来。

没想到，开学的第二天，一件学生“丢失手表”的事件让同学们对我这个“小”老师刮目相看。

那天，我正在办公室埋头打扫卫生，班上一位姓杨的男学生急匆匆又神情沮丧地跑来告诉我，说大约二十分钟前，他的一块老式上海牌手表不翼而飞，恳请我到班上去搜查一下，还说他怀疑是班上某某同学偷的。我一听，当时头发都气得竖起来，真是的，一来就碰到这等倒霉事。班上真的有人手脚不干净？我不由分说，急匆匆地赶到教室当起了破案的“福尔摩斯”。我把学生全部集中到教室，教室里顿时像炸开的锅一样沸腾起来，大家纷纷要求：“搜身，搜身……”有的同学一边吼还一边把书包里的书抖出来，摊在桌子上。我当时差点真那么做了，但我极力克制自己，让情绪稳定下来。我先了解了一下杨同学在近半个小时内的去向和当时在教室内的所有学生。其中有个细节引起了我的高度警觉。他说他打乒乓累了，曾到操场边的水田里洗过手。我抓住这条有价值的线索，让他先独自一人到洗过手的地方去找一找，看表是否掉到水田里去了。可不到两分钟，他就心急火燎地跑回来报告说“没有！”。我考虑到他可能是自己掉了东西心里急躁，一心又怀疑是别人所为，所以马马虎虎、心急火燎效果自然不佳。于是我又派两名看起来比较稳重的同学陪同他一起去洗手处再继续找找，并要求他们对洗手处下面的泥巴要仔细捏、搓。不几分钟，他们飞似的往教室这边跑过来，其中一位同学手里还举着找到的那块表，“找到了，找到了……”大家不约而同地叫道。当时，一位同学抑制不住内心的激动，说：“岳老师，五分钟就把‘案’破了，简直太神了！”我为自己推测的准确深感自豪。杨同学看到失而复得的上海牌手表，心头也乐开了花。同学们似乎一下子对我充满了信心，再不嫌弃我这个“小”老师了。

五分钟“破案”，成了我为师之道上的一件得意之事。多年以后，每当想起那件事，我心里就会产生一种说不出的自豪感。相信自己的学生，谨慎从事也成了我一生的座右铭。

（2016年5月20日发表于《巴中新报》）

我没有理由放弃他

一想起那次学校开展的防震逃生应急演练，我就激动不已，调皮捣蛋的杨阳（化名）终于又让我重新喜欢上了他，我也打消了放弃他的念头。

那次演练我记忆犹新，“地震来了，快躲——”随着一阵震耳欲聋的锣声，大家立即用书包盖住头，以课桌、墙角为掩体躲避起来。我这个班主任站在门口，观察同学们的动作是否规范、到位。“岳老师，快钻到讲桌下面，快！”我一看是杨阳（化名）同学在提示着我，我没吱声，他的好意我压根就没在意。这个杨阳（化名），平时调皮捣蛋，尽给老师添乱惹麻烦，是一盏不省油的灯，科任教师小英曾多次被他气哭，学生家长也多次因他生事找我这个班主任老师理论，学生告他的状更是家常便饭。杨阳（化名）是个“留守学生”，跟着爷爷婆婆一起生活，对他这个“小不点”我可没少费心思，和他私下谈话已不知有多少回，他总是软硬不吃。为了“感化”他，半学期不到，我就把他请到家中度了三个周末。不，确切地说是四个周末。那一次下大雨，我怕他在路上出事，他走了好长一截路，我又叫他回来到我家住下。我一方面给他辅导功课，另一方面在思想上耐心开导他，但他总是把我的话当耳旁风，一直管不住自己，惹出一桩一桩的麻烦事，硬是令我伤透脑筋、叫苦不迭。同行揶揄我：“咦，岳老师，没想到你也有教化不了的学生哟！”当过多年小学班主任且一直自认为育人有方的我心底没谱了，对他的教育开始觉得有点不自信。

杨阳（化名），我根本就不想理睬他——这个顽固不化的正宗“老油条”。“嘭嘭嘭，嘭——”三秒钟后锣声停住，马上传来三短一长的哨声，“强震弱了，同学们快跑！快跑！”同学们又按学校预先设计好的逃生线路，有序地往安全地带快速撤离。“岳老师，快跑！快跑！”“好！好！”说实在的，杨阳（化名）即使不提醒我，按演练要求，我也会跟在学生后面和他们一起逃生。但是杨阳（化名）对我的关心，我从内心接纳了他。

这虽然是一场演练，但杨阳（化名）在演练环节最关键的时刻，心里不全想的自己，他还想着我这个从内心深处还有点“恨”他这块朽木不可雕的班主任老师，这着实令我感动。原来他的血液里流淌的不全是“调皮捣蛋分子”，也渗透着爱人的基因，平时我只是没有觉察感受到罢了。这样一位有血有肉有情有义的孩子，我会因他一时不醒事而抛弃他吗？我这个在讲台上披着“传道、授业、解惑”外衣的人类灵魂工程师，还会去计较他的那些所谓些许的过错吗？杨阳（化名）并非不可教化，因为他不是“朽木”，也不是“一块废铁”，我还有理由放弃他吗？陡然间，我的信心又涌上来了，豪情万丈，热血沸腾！

（2016 年 6 月 27 日发表于《巴中晚报》）

建立毕业生“名人”档案卡

这里，我们把毕业班中成绩、思想等各方面比较典型、突出的学生称为毕业生“名人”。毕业生“名人”档案卡上填有学生姓名、性别、出生年月、兴趣爱好、思想表现、学业成绩、毕业时间及取得的荣誉等情况，并在卡片的备注栏里注明后来考上了什么中专或大学。

我已教了七年小学毕业班，在那七个毕业班中，有三十名学生“幸运”地上了我那毕业生“名人”档案卡。

卡片上的学生都具有代表性。在他们当中，有的学生智力好，起初成绩优异，后来由于骄傲自满不听老师规劝而最终落伍；有的学生智力虽一般，但后来学习刻苦自觉，上进心强，成绩始终保持优异；有的当初成绩差，表现也不好，经老师耐心辅导和帮助教育，后来自己发愤图强，一跃而成为班上的优生；有的经常帮助同学、热心班级事务、拾金不昧，曾受到上级部门的嘉奖；等等。

在这些典型人物中，有的是榜样，我就利用他们的事迹来教育学生向他们学习；有的是教训，我就让学生把他（她）作为一面镜子，引以为戒。几年来，我针对不同的学生，选取不同的“名人”典型来教育他们、引导他们，这使我在班务工作中取得了事半功倍的教育效果。

毕业生“名人”档案卡上的人就生活在学生身边，学生最易理解，不会存在陌生感。他们的事迹是活生生的教育材料，比较现实，学生也易于接受，不会觉得空洞，也不会觉得高不可攀，因此，有比较好的教育效果。

建立毕业生“名人”档案卡不失为搞好班务工作的一个好办法。

（1997年4月25日发表于《教育导报》“第三届‘红叶杯’小学班主任征文专栏”下同。该文获四川省“第三届‘红叶杯’小学班主任征文专栏”下同三等奖，被中国文化管理协会收藏，并入选《民族的脊梁》。）

让后进生“站”起来

后进生是最容易自卑的，如果再受到同学的鄙视、老师的厌弃，那他们将会永远“站”不起来。我在长期的班务工作实践中，始终把改变后进生的自卑感作为一件头等大事来抓，取得了较满意的效果。我的做法是：

首先让后进生学会正确地评价自己和别人。一些教师对后进生的优点视而不见，甚至根本不愿提起。其实，后进生与优生一样，都有优缺点。成绩差就像乌云一样掩盖了后进生的优点。当教师的要毫无偏见地挖掘他们的优点，使他们看到自己的长处，同时也让他们清楚优生也不是十全十美的，只是在某些方面暂时领先而已。只要自己肯勤奋刻苦，将来也是可以成为优生的。

其次，后进生一般多疑。这就要求我们教师不要让他们在内心深处产生“被遗弃”的错觉。后进生由于成绩差，思想比较敏感，往往觉得自己低人一等，这就要求教师在学习上、生活上多关心体贴他们，哪怕是上课多提一次问，平时多和他们聊聊天、拉拉家常。这样，既可缩短师生间的距离，又可使他们觉得自己和老师永远在一起。

再次，教师要主动为后进生创造“亮相显能”的机会。优生往往是一个班的活跃分子，似乎“无所不能”，而后进生则相对显得寂寞。这就要求我们教师要主动给后进生创造“亮相显能”的机会。后进生在哪方面有特长，我们就要在那方面为他们开辟天地，让他们也有机会显示自己的才能，使优生看罢，也觉不可小觑。其实，这样也有助于优生与后进生“互补”。

另外，在选配班干部时，教师也要根据特长给后进生一定的比例，让他们参与班级事务。

只要自卑这包袱不压住后进生，他们就一定会有“站”起来的一天。

（1996 年 7 月 17 日发表于《四川日报》农村版“教学一得”栏目）

激发竞争意识　不妨加点“压”

一个无竞争意识的班级，好比一潭死水，是没有任何活力可言的。我在教学中巧妙运用了略施压力的方法，充分地激发了我班学生的学习竞争意识，收到了意想不到的教学效果。

在一次单元测验中，同学们的测验成绩都比较理想，为了防止有的学生骄傲自满，同时激励后进生力争上游，我抓住我班大部分学生自尊心强、不服输等特点，巧妙地虚构了一个故事，给他们施加一点“压力”。

我说：“我们班有位学生给我讲，他这次测验成绩虽不太理想，但他不愿服输，他要向大家挑战，在下次测验中再论个高低。”同学们不知是谁，你看我我看你，连一向成绩优异的学生也似乎有点紧张。

没想到，这个办法还真灵，班级学生的学习竞争意识一下子给激发起来了。有的学生自愿提早到校读书，有的

放学后也要留校学习。平时下课一部分学生也围着我打转，有的问这、有的问那。两个、三个一起切磋问题的同学也多起来了，班上的学习气氛空前浓厚。不少家长向我反映他们的孩子在家也爱学习，进步特别快。学校领导、老师提起我班也赞不绝口。

后来，这个班的数学成绩在毕业会考中以平均分 92.5 分的成绩位居全区榜首，深受社会各界好评。

（1997 年 11 月 17 日发表于《四川日报》农村版“教学一得”栏目）

同学们都爱“谈天说地”

如何让学生愉快地度过一周漫长的时光呢？四川省平昌县西兴小学在教学日程中设计了“谈天说地”版块，把学生带进一片自由发挥的天地。

“谈天说地”安排在周一至周五的自习时间，每次15分钟。内容可以是轶闻趣事，也可以是学生喜欢的“佳作名篇”，还可以就地取材编一些好故事。总之，上下五千年，纵横八万里，无所不涉。当然，每次内容的拟定，主持人员的确立，由班委干部组成的“谈天说地”编委商讨决定，每位学生均有机会参与进来。每周各班评出最佳主持人，学校予以表彰。

“谈天说地”受到了大家的欢迎，课外活动时间进阅览室的学生一下子比原来高出几倍，以往从未进阅览室看书的同学也成了“常客”。

“谈天说地”虽然时间很短，但却培养了孩子的组织能

力、口语交际能力，还拓宽了视野、增长了见识。

（2012 年 9 月 20 日发表于《少年百科知识报》）

学生喊“苦” 教师无“谱”
——村小“减负”困惑多

国家教育部发出了《关于在小学减轻学生过重负担的紧急通知》，各地也做出了具体规定，可谓深得人心。但作为农村偏僻村小，要想使“减负”真正落到实处，还存在诸多问题。

问题一：教师素质偏低，决定了“减负”难度大，偏僻村小教师多半属“民转公”对象，年龄结构普遍老化，大多数教师责任心强，但能力素质不高，教法老化、教学效率低。他们也想通过教研等形式来提高自身素质，可年龄大了，接受起来困难，最后还是信奉老一套，牺牲休息时间加班加点，给学生增加作业量的大训练方式仍然存在。此种做法学生感到“苦”。

此外，一些村校在编教师缺乏，临时代课的教师居多，他们未经正规培训，为了得到社会承认，不惜苦干以提高教学质量。至于在那些当一天和尚撞一天钟的“代课”教师的教育下，学生“负担”倒是减轻了，教学质量却大打了折扣。

问题二：来自家长和社会的压力使“减负”的难度增大。学校规定：一、二年级不布置家庭作业。一些家长见孩子晚上无事干，想不通，便跑到学校找老师，建议还是要多布置点家庭作业，把孩子“拴住”免得惹事。

按规定，考试后不排位次。可一些家长，认为老师太懒，想看一下孩子在班上的位次都不行。任凭你磨破嘴皮解释实行等级制的好处，可家长还是吵，说你纯粹是“和稀泥”。

体罚学生本是违法行为，可一些家长自认为与老师是熟人，便委托老师：“孩子不听话，你给我打，我绝不怪你。”看着那些朴实的家长，老师心里没了谱，但谁又敢与法律做对呢？当家长们的委托不能兑现时，便以“瞧不起他的孩子”“对孩子管得不严”之类的话来气老师。

面对这诸多问题，我们教育工作者，应积极地想出与之相应的对策来，以适应新时代教育工作的需要。

（2000 年 6 月 2 日发表于《四川日报》农村版“不吐不快”栏目）

不要束缚孩子的手

病例：一个孩子特别喜欢拆散玩具和钟表之类的东西。刚买回来的家什，不一会儿便被他拆得七零八落。对此，他父母伤透了脑筋，有时还破口大骂："你个败家子！"甚至干脆揪起孩子就是一阵猛打。

处方：其实，爱拆装可以增强孩子的动手能力，有利于开发孩子的大脑。同时，有助于培养孩子的形象思维和创新能力。说不定在这"拆散"和"组装"的过程中还会迸发出创造发明的火花呢！

（2004年12月3日发表于《教育导报》）

呵护“留守学生”点滴谈

面对“留守学生”这个特殊的社会群体，作为一线教师，务必要给他们营造一个良好的学习、生活环境。在这里，谈谈我校在关爱“留守学生”方面的一些做法。

让留守学生远离寂寥。隔代抚养或寄养的“留守学生”，由于性格孤僻、情绪波动等因素，与监护人之间缺乏沟通与交流，内心的孤寂容易产生失落感。于是，在空档时间，比如周末或平时放学在家，这是他们离开群体，心中寂寥难挨，最容易想入非非的时候，同时，这也是他们最易失控滋事生非的时候，班主任就显得至关重要了。为了让留守学生远离寂寞，我校组织教师积极开展“我与留守学生度周末”活动。班主任或科任教师有计划地把留守学生分期分批带入家中度周末，手把手教他们做一些诸如扫地、洗衣、做饭等力所能及的家务活，和他们拉家常、聊知心话。或者给他们补授一些课堂上未掌握的知识，让他们远离孤寂，脱离“孤海”，从内心深处认为老师是他们最信任的人。实践证明，这样做大大降低了留守学生因孤寂而肇事的频率，减少了他们由于情绪波动产生的一些不良影响。同时，校内经常开展丰富多彩的活动，为杜绝个别留守学生成为脱群的孤雁，我们班主任老师，力创条件，竭尽全力，扩大他们投身活动的参与面，让他们个个开心、人人快乐，进而愉快地学习。

拓展留守学生与父母对话的“空间”。留守学生与父母大多相隔千里之遥，他们渴望时常听到父母的声音，哪怕一句关切的话，抑或一番严厉的训斥。为此，我校作为育人阵地，千方百计拓宽他们与父母沟通的渠道。一是学校拨付专项资金为留守学生开通亲情电话，让他们在学校随时可以与家长联系；二是各班班主任指导留守学生每隔两周给父母写一封书信，认真汇报他们在学校的思想、学习、交友等方面的情况；三是学校定期开放网络教室。在开放的时间内，允许学生上网，让留守学生利用网络与家长聊天，了却那份难以割舍的思亲情结。通过拓展对话空间，留守学生与父母的交流机会多了、牵挂少了，包袱自然甩掉了。这样留守学生就会保持最佳心理状态，轻装上阵，全身心地投入到学习中去。同时也有利于培养学生健全的人格和优良的品质。

营造爱的港湾。为了让留守学生愉快地生活、健康地成长，我校为留守学生撑起一片蓝天，为他们多方营造爱的港湾。近年来，我校特意设置了“留守学生信箱”，专门收集留守学生在学习、生活、交友、身体发育等方面的一些问题。由学校骨干教师、心理咨询师、当地医生、社会名流组成答疑解难工作小组定期“会诊”。并举办专题讲座，针对“留守学生”提出的问题进行耐心细致地剖析讲解。有些问题被重点提出，并纳入专题讨论内容，让同学们畅所欲言，发表自己的不同见解。对个别不便公开解答的，由工作小组成员抽取恰当的时间，选择合适的场合私下解答，直到完全消除他们心中的顾虑为止。

另外，我校还成立了“爱心传递小组”，开展非留守学生与留守学生结对帮扶献爱心活动，让留守学生在与非留守学生的亲密接触中，感受到来自同学的关心，从而使“留守学生”在正常的爱意下成长。

（2011 年 12 月 4 日发表于《国防时报》）

对孩子应充满信任

女儿读初二，一单元语文测验，成绩位居班级第三名。

我感觉可以，可妻子唠叨开了：“才第三名，全级共六个班，如此算来，在全校同级学生中将要排到二十名左右了。”

我又开始反驳妻子了：“你的要求不宜过高，要一步一个脚印慢慢来。一单元考第三，兴许下个单元考第二、第一呢？”“就是嘛，妈，您别老门缝缝里瞧人，把人看扁了。”女儿在一旁帮腔道。

妻最讨厌我这一点，说我爱袒护孩子。其实我最清楚，孩子就是在我的鼓励和信任中才取得今天这样的成绩。读小学时，女儿成绩不算太好，每次考试从未进入全班前六名。妻子恨铁不成钢，可我每次对女儿取得的成绩都持满意的态度，从不埋怨她、批评她，还表扬她大有长进。

妻子每次安排女儿学习什么的，她都不依不从，而我叫她干什么就干什么，从不犟嘴，而且干得特别专心卖力。心理学告诉我，那是逆反心理在作祟。由于妻子不信任女儿，女儿对妻子也产生了不信任感。我对她充满了信任，所以她处处都能给我一个满意的答案。

相信孩子吧，随时随地用赞许的目光点燃孩子的希望之火，这是家教取得成功的关键。过高的期望只能无端地加重孩子的心理负担，成为扼杀孩子成长的催化剂。

（2003 年 10 月 31 日发表于《巴中日报》“家长茶座”栏目）

对待犯有错误的学生应有“三心”

长期的班主任工作经验告诉我，对待犯有错误的学生应有“三心”：即宽心、耐心、爱心。

一要宽心。学生不是圣人，偶尔犯点错误是难免的。作为班主任切勿急躁，更不可大动干戈，要善于宽慰自己，这样才能心平气和地面对现实。也只有这样，才能冷静分析，找出切实可行的教育方法。素质教育的目的就是要培育具有创新意识的学生，要培育具有创新意识的学生，就应该允许学生犯错误，只有允许学生犯错误，学生才会在想象的空间里无拘无束、自由驰骋。切不可让那些刻板的规定束缚学生的思维、羁绊学生的手脚。试想如果过分强调各类条条框框，想方设法把学生限制得严严实实，那么他们无论干什么都会前怕狼、后怕虎，不敢越雷池半步，这样，又怎能培育出具有创新意识的未来建设者和接班人？

二要有耐心。诸葛亮七擒孟获，迎来了孟获心甘情愿归顺的那一天，诸葛亮百般“忍耐”，为的是让孟获心服口服，那种强迫式的降服诸葛亮不需要。我们教师对待犯有错误的学生也应有足够的耐心，要三番五次，不厌其烦地做好他们的思想教育工作，让他们彻底认识自己的错误，从而发自肺腑地改正。

三要有爱心。老师应该永远都是一个宽宏大量的人，对待犯有错误的学生要给予更多关爱，切不可冷落他们，只有用“爱心”才能换取学生改正错误的“诚心”。对学生改正错误还应充满信心，给予足够的信任。这样，他们才会甩掉包袱毫无顾忌地奔跑在新的起跑线上。那种动不动就“揭疮疤”“秋后算账”的教育方法只能使学生与你背道而驰、产生对立情绪。

记住作为班主任需要不断为学生加油，绝不能有丝毫放弃使他们产生“泄气”的愚蠢之举。

（此文于 2000 年 7 月获中国教育报“面向新世纪：中国基础教育回顾与展望”征文二等奖）

培育“阳光”学生之我见

如何因材施教、因人施教才能让学生走出阴霾，成为“阳光”学生。笔者在长期的教育教学工作中，总结出了以下一些做法，与同仁共勉。

培育“阳光”学生，必须让学生放下包袱，轻装上阵。学生一旦到了学校就如配鞍的野马、套缰的牛犊，不那么“原生态”了。一者教师成天板着一副面孔，严格限制他们的一举一动、一言一行。加之教法古板，学生哪里提得起学习的兴趣，又有什么活力可言？学生在教室里度日如年，自信心被压力和自卑吞噬掉。原本活泼好动的“小精灵”在接连不断的评比中，在一次次批评中，被磨去个性的棱角，大多被教化成了“僵尸般的小老头”。瞅着学生那稳重持成的样子，令人内心深处滋生出一种“鲜花凋零”的失落感。如今课程改革的目的，就是要让那些磨去了棱角的“僵尸般的小老头”拾回泯灭的天性，干该干的，玩该玩的，快乐学习、健康成长，让世界在他们眼里变得“生动”起来。

培育“阳光”学生，教师作为合作者、引导者、参与者，必须明确职责，放下师道尊严的架子，切忌过分苛求学生行为规范。有位哲人说过，世间找不到两片完全相同的树叶。是的，正因为如此，大千世界才丰富多彩。人为的条条框框，如紧箍咒般羁绊学生的步伐、束缚学生的思维。让鲜花般的少年如鱼儿般酣畅地遨游、小鸟般自由自在地飞翔吧！唯此，才能达到让学生在“阳光”下成长的目的。

培育“阳光”学生，必须对学生进行心理健康教育。造成学生各种不良的心理状态的原因有很多，常见的有：过度焦虑紧张、抑郁沮丧、情绪松散、性格孤僻等，这些心理状态严重阻碍了师生沟通和正常交往。这些有的可能是在教学过程中态度与方法不当引起的，如学生负担过重、学习压力过大、考试频繁或教师要求过严，甚至对学生简单粗暴地指责和训斥等等；有的可能是由于家长教育不当引起的，如要求过急、动辄责骂、讥讽，缺乏正面的引导和即时的帮助；有的则是因为学生受到不良影响，产生不愿努力付出，而想投机取巧、及时享乐等。因而教师、家长应及时了解学生产生不良心理状态的原因，改变教学态度及教育方法，关心学生，加强思想教育，并争取课内和课外，校内和校外密切联系。例如我校一名六年级男生性

格孤僻，从来不和同学交往，对任何事情都敏感，常以敌视的心态对待同学。班主任发现此情况后，多次与该生谈心。起初这位学生一言不发，然而老师不灰心，采用多种方式不厌其烦地与之沟通并从侧面了解情况。经多方了解才知道，这位学生的父母在外务工，他和奶奶生活在一起。在学校，看到别的同学有父母相伴，有父母的关心和照顾，内心便产生了极大的不平衡，怨恨父母、怨恨同学，尤其是当同学们提及父母如何关心自己时，他就产生了强烈的嫉妒心。长此以往，他自暴自弃、孤僻乖张，不仅在言语上粗俗无礼，而且成绩也急剧下降。老师了解到实情后，明白了这是由于这位学生长期得不到父母的爱而产生了逆反心理。为了彻底改变他，老师同时扮演起老师和家长的角色，不仅在学习上耐心辅导，而且在生活上也无微不至地关心。其次，让本班学生多与这位同学交往，一同玩耍、共同讨论、聊天。再次与其家长联系，引起家长的重视，让家长以多种形式将关心送给这位学生，比如多打电话、写信、寄东西等；最后，老师和同学都不过分计较他的过错，并且对他取得的每一个进步教师都给予肯定和表扬，以一种相对宽容的态度来支持他、关爱他。这位学生很快改变了旧貌，逐渐步入了正轨。同时，这个班集体也在改变他的系列活动中变得更加团结、友爱、富有进取心了。由此可见，只有及时发现学生的不良心态并辨证施治、对症下药，适时施以心理健康教育才能让学生更好地生活、成长。

培育“阳光”学生，建立新型的师生关系尤为重要。首先是合作的师生关系。合作要求教师不能居高临下，采用强制手段，如训斥、向家长告状等方式，这些方式极大地伤害了儿童的自尊心、自信心，很容易引起儿童对教师的反感，甚至恐惧，在不知不觉中扼杀了儿童学习的兴趣。合作意味着教师和学生在人格上是平等的。过去的观念是：“你不会学习，我来教你学习；你不愿意学习，我来强制你学习。”现在的观念是：“你不会学习，我来引导你学习；你不愿意学习，我来吸引你学习。”“吸引”就是“使儿童乐于学习，使他乐意参加到教学活动中来。”其次是和谐的师生关系。和谐是指师生之间的情感联系，爱是其中最重要的因素。爱需要教师对学生倾注相当多的热情，对其给予关注，对于学习有困难的尤为如此。爱是将教学中存在的“我”与“你”的关系变成“我们”的关系。爱是教师与学生在相互依存中取得心灵的沟通，共同分享成功的欢乐、分担挫折的烦恼。和谐的师生关系是促进学生学习的强劲动力。再次是融洽的师生关系。朱小蔓说：“离开感情层面，不能铸造人的精神世界。”教育是充满情感和爱的事业。教师宜多与学生进行情感方面的交流，做学生的知心朋友，与学生建立母女般、父子般或姐妹兄弟般的师生关系，让学生觉得老师是最值得信任的人，跟老师无话不说、无事不谈，达到师生关系的最佳状态。师生关系直接影响着学生的情感和意志、影响着学生的认知活动。一般说来学生对某位教师喜欢，这位老师的课堂气氛就活跃，这位老师的学生对学习的兴趣就浓厚。因此，教师必须重视情感投入，以真诚的爱换取学生的情感共鸣。教师要通过自己的言行、表情传递鼓励、信任、尊重等信息，使学生不怕出错误，敢于沟通、交流。同时老师也应想方设法让学生保持良好的心态，这对保护学生的自信心、培养学生的学习兴趣有很大的作用。

（2013年发表于《四川教育》第9期“德育创新”专栏）

打工者的育儿经

9月5日晚8点20分，平昌县西兴镇中心小学岳老师家里的电话铃响了，原来是岳老师班上学生的父母打来的。他们详细了解了孩子在校的思想、学习、交友等情况，并拜托岳老师把孩子管严点、盯紧点，还主动留下电话号码，请求岳老师随时联系。

这位学生的父母远在重庆务工，已有几年未回家了。孩子由爷爷婆婆看管。学生的爷爷婆婆年岁已高，其父母一直放心不下，于是千方百计了解到岳老师的电话号码，直接联系。

目前，农村绝大部分学生的家长在外打工，相当一部分家长只知道埋头挣钱，至于孩子在学校的学习、生活、思想等情况从不过问。更有甚者，娃儿如今在哪所学校就读，读几年级了，教他（她）的老师是哪些，心里都没有一本账。

不少做爷爷婆婆的，只管孙子的吃、穿，溺爱有余，学习关心不足。他们总认为又是一代人了，管严了，顾虑儿媳护犊子，又考虑到遭孙子辈厌烦，同时，还怕别人说自己缺乏慈心。如此瞻前顾后，于是，在教育后人时，放不开手脚。该严厉训斥的，也只是轻描淡写、隔靴搔痒。一些留守学生成绩越来越差，思想越来越坏，就是由于家庭疏于管理，家教不到位所致。

其实，学校、家庭、社会应该共同担负着教育学生健康成长的责任，著名教育家苏霍姆林斯基这样说道："教育的效果取决于学校、家庭的一致性，如果没有这样的一致

性，学校的教学、教育就会像纸做的房子一样倒塌下来。”也就是说，学校教育与家庭教育需要相辅相成，加强他们之间的沟通、互动也就显得尤为重要。现代教育不是一个孤立、封闭的过程，而是开放的、现实的、全方位的社会活动。从内心讲，我们每个人都知道，要切实教育好孩子，单靠老师或者是家长是不行的，因为任何一方对孩子的了解都不够全面。通过家校的联系，使得学校和家庭更全面了解孩子，这样有利于孩子的发展。特别是家庭教育，它既是学校教育的基础，又是学校教育的补充。所以，学生的成长离不开家庭、学校、社会三方面的共同努力，只有家校形成合力，真诚架起一座连心桥，才能共同促进孩子健康成长。

现实生活中，很多家长忽视家校联系，也没有意识到自己就是一个教育者，所以我们的学校教育才会存在“5-2=0”（五天学习，两天疯玩不复习，结果为零）的现象。

这位学生的父母，懂得了家校联系的重要性，在务工赚钱的同时，心中时刻装着子女的学习、成长，实在是值得在外打工的父母学习的。

（2003年9月19日发表于《巴中日报》）

悟“忍”

从教十五年，我悟出了一个深刻的道理，那就是遇事要“忍”。

学生千错万错，你必须忍。火冒三丈既失体态又伤身体，更有损为人师表的光辉形象。要学会平心静气泰然处之，拿出十二分的耐心三番五次不厌其烦地给他讲。任你唾沫横飞，也要直到那“不可教化”的孺子弄懂方才可罢休。

别人冤枉你，你千万要忍，谁叫你是老师呢？老师就得有涵养，具有大将风度，切不能动不动就冲别人大喊大叫。那样，即使别人不对，旁人也会背后议论你。最好还是心平气和慢慢地与他论理，凭自己三寸不烂之舌与他磨嘴皮，哪怕磨破，也得让对方心服口服才鸣锣收兵。

忍，生团结；忍，生形象；忍，生成绩……果如此，那你就“忍”出了“忍领域”的最高境界。

（2005 年发表于《平昌文艺》第 1 期）

鸿雁传书

救救这可怜的孩子吧

11 月 3 日，平昌县西兴镇天官堂村小易老师收到班上学生岳青青的来信。信的内容很简单，仅几句话。原来是岳青青向教过她的老师和与她朝夕相处的同学做最后的道别。易老师阅后泪流满面，同学们也哭成一片。

岳青青生于 1993 年 7 月 5 日，曾在天堂村小一年级就读。她聪明伶俐，成绩优异，是班上的学习委员。今年 6 月得病，经医生诊断为贫血、类风湿心脏病兼胃炎。她先在西兴区医院接受治疗，后转入县中医院，最后转到地区人民医院。五个多月过去了，巨额的医疗费用压得她父母喘不过气来，近年打工攒下的三万多元积蓄早已花光了，在亲戚处挪借的八千余元也全部用完，家里已到山穷水尽的地步，可青青的病反阴复阳，迟迟不能稳定。父母经常抱头痛哭、彻夜难眠，天天守护着她，盼望着奇迹的出现。然而一次次听到医生的回答是：我们已经无能为力。

如今，青青周身出现浮肿，已十几天没有吃饭了，仅靠喝点娃哈哈维系着微弱的生命，地区医院的医生已摊牌：到华西医院治疗或许还有一线生存的希望，但那一大笔钱又从何而来呢？

一颗幼小的生命即将逝去，愿天下的好心人伸出援助之手，救救青青这可怜的孩子吧！

（2001年11月26日发表于《巴中广播电视报》）

附：

爱　心

《救救这可怜的孩子吧》一文在贵报发表后，患者岳青青受到了社会广泛关注。

12月2日，青青在去五木查病途中，平昌县城一位二十多岁的女青年了解到青青的病情后，将四百元现金悄悄地放进了青青的包裹中，我们至今连她的真实姓名都不知道。巴中市信访办李主任在报上看到青青的情况后，随即打电话将自己知道的“秘方”托人告诉给岳青青家人。平昌县城一家赵氏私人诊所主动带信给岳青青家人，他们愿意给岳青青免费提供治疗。写信问候的、介绍秘方的……几十封来信，几十颗火热的心，在寒冷的冬季给青青一家人带来了无限的温暖。

岳青青的父母万分感慨地说：感谢好心人，祝他们一生平安。

（2001 年 12 月 26 日发表于《巴中广播电视报》）

后 记

经过三年的运筹帷幄，我的文集《杏坛年华》这本书就快要与读者见面了。多年的心愿即将达成，我也由衷地感到高兴。

说实在话，写作如苦行僧，古人云：“吟安一个字，捻断数茎须。”的确，一篇文章从构思立意，谋篇布局，到字的堆码，文章的集结、筛选、整理、编印成册，其开头之难，过程之繁，考验作者的意志和毅力。如果三天打鱼，两天晒网，是难以成功的。当然，追求急功近利的写作除外，不过，这种作品是喷了催黄素的“水果”，不受待见。

我从读师范至今，已有三十七年，这三十七年，无论亲情、友情，爱情，无论生活、学习、工作，在心灵深处都烙下了难以忘怀的印记。我的作品，是逐年累积而成的，见证了三十七年的跋涉，留下了许多思索，犹如一盏明灯，照耀我前进的路，指引我人生的方向，这何尝不是一笔宝贵的精神财富。

这本集子，仅收录了我撰写的部分作品，是对我前三十七年生活、学习、工作的一个阶段归总，个中感悟、反思，值得深思、回味。这是我出这本文集的一个目的。同时，作为一名工作三十多年的教育人，有责任、也有义务分享自己学习、工作、生活的酸甜苦辣、以及对教育的挚爱情怀。还有一个藏匿于心的想法，那就是，在退休后，偶尔，拿出自己的作品翻一翻、读一读、想一想，重拾青葱岁月，那曾经工作、生活的地方，那激情燃烧的岁月，那曾经的欢声笑语，就会不由自主地在脑海中浮现。曾经的辛勤付出，曾经的血气方刚，曾经的懵懂无知，曾经的苦难坎坷，将自己带回甜美的回忆，甘之如饴，安之若素，多么惬意！

这里，我要真诚地感谢四川省作家协会会员，《巴中日报》文艺部主任，巴中市作家协会副主席，原巴中市小说学会会长周书浩先生，感谢他在百忙中为我作序。

真诚地感谢四川省巴中市平昌县委教育工委书记，平昌县教育科技和体育局党组书记、局长苟兴旺同志给本书出版提出的宝贵意见。

真诚地感谢平昌县思源实验学校美术骨干教师、巴中市美术家协会会员曹伟老师，不惜牺牲春节假期休息时间，加班加点为我构思、绘制精美的插图。

真诚地感谢西兴小学曾任校长何进平、李刊之、董世锋三位同志的鼎力相助。

感谢曾经的同仁庞毅、罗华松两位校长的大力支持。

感谢师范同窗好友赵家平、苟建华、何志敏、冯波四位校长的热情扶持，倾力相助。

感谢邻居夏江、李紫贤、赵海东三位校长及马红禹副书记的热心支持。

感谢平昌县西兴小学现任校长冯渊同志的支持、鼓励。

还要感谢悟阅文化出版的李瑶编辑等，是他们的精心策划，悉心斧正，倾心打磨，才使得这本尚显生涩之集有了一丝儿灵动的气息。

还有许多值得感谢的领导、朋友、同事，这里就不一一列举了，有了他们的无私奉献、莫大帮助，才使我的文集得以顺利出版发行。

这本文集涉及生活中的许多朋友、同事、亲人，这些文章本身就是一种感谢、一份情意、一份真爱，编印集子，更是如此。再次向一切有缘的无缘的朋友表示最衷心的感谢和最诚挚的谢意！

由于自己水平有限，书中难免错误或疏漏，在此，先表歉意，期待雅正。谢谢！

2024年1月23日